大川わたり

山本一力

祥伝社文庫

目次

大川(隅田川)周辺図
御米蔵
蔵前
御米蔵
神田川
回向院
本所
竪川
折り鶴
両国橋
横川
新大橋
高橋の初五郎親方
小名木川
大
川
万年橋
高橋
根岸屋
深川清住町
仙台堀
永代橋
門前仲町
木場
黒船橋
富岡八幡宮
達磨の猪之介賭場
六右衛門店

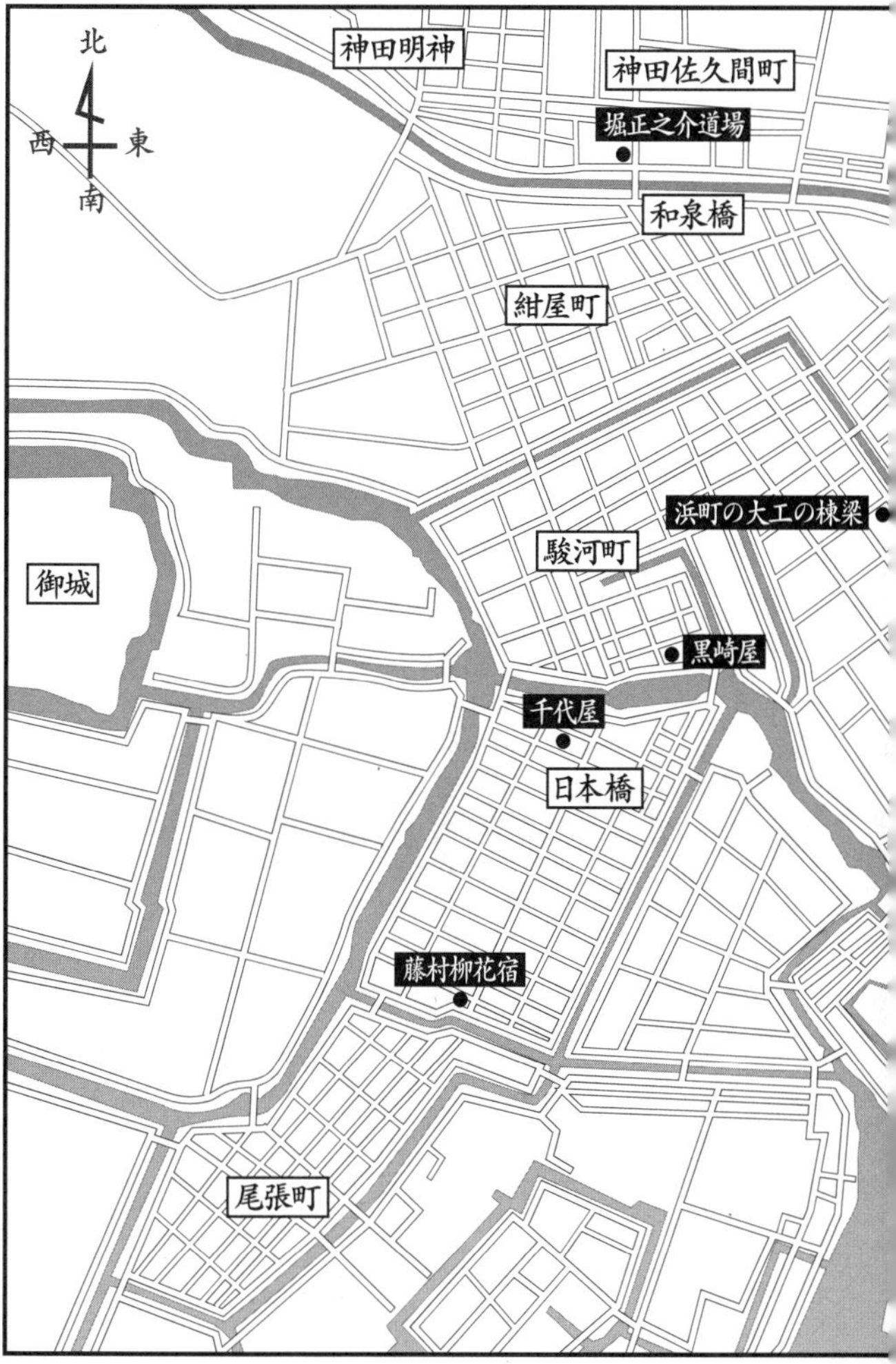
北
西
東
南
神田明神
神田佐久間町
堀正之介道場
和泉橋
紺屋町
浜町の大工の棟梁
駿河町
御城
黒崎屋
千代屋
日本橋
藤村柳花宿
尾張町

画　葛飾北斎／富嶽三十六景（深川万年橋下）
題字　日野原　牧
装幀　中原達治

壱

一

天明《てんめい》八（一七八八）年一月十八日、凍《い》てついた空の高いところに月があった。さえぎる雲もなく、大横川《おおよこがわ》の暗い川面を満月に近い月が照らしている。蒼《あお》い光が、川に架《か》かる深川《ふかがわ》黒船橋《くろふね》を浮かび上がらせていた。

五ツ半（午後九時）を過ぎており、町木戸が閉まるまで幾らもときがない。人通りの絶えた橋に、背を丸めた銀次《ぎんじ》が差しかかった。

橋の真ん中で足を止めると、欄干《らんかん》に寄りかかって川を見詰めた。木綿《もめん》のあわせに半纏《はんてん》一枚だけで、足袋《たび》も履《は》いていない。ぼんやり川を見詰める潮垂《しおた》れた姿からは、ひと月に二両も稼ぐ大工の威勢はうかがえなかった。

向かっているのは、七町（約七六〇メートル）離れた木場《きば》だ。行く先で起きることを考えて、銀次の足が黒船橋から動かなくなった。

銀次が暮らすのは大横川沿いの裏店《うらだな》、六右衛門《ろくえもん》店である。三軒連なった長屋が四棟並ぶ裏店は、どれも六畳ひと間に二坪土間の狭い宿だ。店子《たなこ》の多くは銀次と同じ職人だが、際立った違いがひとつある。

ほかの職人たちには家族があった。

この年の正月で銀次は二十七になった。六右衛門店に暮らし始めてすでに六年、いまだにひとり者である。

銀次の在所は大島村《おおじま》だ。川漁師の次男に生まれたが、舟も網も賃借りする長屋暮らしの貧乏所帯だった。

銀次九歳の夏、父親と兄は川の暴れ水に巻き込まれて舟を沈めた。船主は蓄《たくわ》えなど一文もない一家に、失った舟代を弁償しろと迫った。取れないと分かったあとは渡世人を使い、兄を尾張《おわり》熱《あつ》田湊《たみなと》の鯨獲《くじらと》りに、父親は房州《ぼうしゅう》勝浦《かつうら》の漁船舟子に、そして母親は飯能《はんのう》の飯盛女にそれぞれ売り飛ばした。

銀次だけが残された。

不憫《ふびん》に思った長屋の職人が、深川高橋《たかばし》の大工棟梁初五郎《はつごろう》親方のもとへ小僧の口を世話してくれた。

気働きのできる銀次を見込んだ初五郎は、仕事の合間に読み書き算盤《そろばん》を習わせた。

「この子は手筋がいい。とりわけ絵図を描く天分に秀《ひい》でているようだ」

銀次の出来を寺子屋の師匠が誉《ほ》めた。喜んだ初五郎は、絵師のもとにも通わせた。

初めて鉋《かんな》がけを許されたのは七年前の天明元（一七八一）年十月、銀次が二十歳の秋である。この年の九月三十日に、江戸で大火事が起きた。浅草伏見町《あさくさふしみちょう》から出た火は、吉原《よしわら》を焼き尽くしてやっと鎮《しず》まった。

初五郎組は仕事に追われた。抱える大工は住込み三人に通いが三人だが、とても応じ切れない。棟梁の初五郎が普請《ふしん》場で手斧《ちょうな》を持っても、まだ手が足りなかった。

「この際だ、おめえも鉋を持ってみろ」

銀次はこの日まで、棟梁に隠れて鉋遣《づか》いの修業に励んでいた。だれに教わったわけでもなく、見よう見真似である。

試し半分に使った初五郎が、銀次の仕事に目を見開いた。月の半ばにはノコギリを持たせてくれた。師走《しわす》に入ると、銀次はノミも使える大工に育っていた。

「月が変わったら通いにしていいぜ。どこぞの裏店でも探しねえ」

天明二（一七八二）年の梅雨《つゆ》明けどき、一日の手間賃が二百五十文になったところで通いを許された。

初めてひとり暮らしができる……。

行方知れずの親兄弟を案じつつも、弾《はず》む足取りで見つけたのが六右衛門店だった。

佃町《つくだちょう》の裏店から高橋までは、本所《ほんじょ》へと続く一本道だ。六百文なら三日で稼ぎ出せる店《たな》賃《ちん》だし、店子もほとんどが職人である。銀次はよそを見るまでもなしに決めた。

暮らし始めた翌年の天明三（一七八三）年七月に、浅間山《あさまやま》が大噴火した。空高く舞い上がった灰は陽《ひ》をさえぎり、夏が勢いを失った。たちまち米が実らなくなった。

冷たい夏はさらに二年続いたが、初五郎のもとには普請注文が途切れなかった。棟梁としての腕が抜きん出ており、抱える大工も銀次を含めて腕利《き》きが揃《そろ》っていたからだ。

変事が起きたのは昨年である。

天明七（一七八七）年五月、米の高値に怒った町人たちが市中の米屋に打毀《うちこわ》しをかけた。出入り先の米屋から呼び出された初五郎は、騒動に巻き込まれて命を落とした。

初五郎には跡継ぎがいなかった。

腕の良さでは銀次が図抜けていたが、年上の大工ふたりが組にいた。散々に揉《も》めたあとで、年長のふたりが跡目《あとめ》を分け合うことになった。

「おめえはどうするよ、銀次。うちにいてえなら残してやってもいいぜ」

初五郎に恩義はあっても、ふたりにはない。腕は銀次がはるかに勝《まさ》っていた。

「おれはしばらく流しでやります」

組を出る銀次をふたりは止めなかった。

大工の仲間内では銀次の名は通っている。棟梁を持たない流し大工になっても、仕事は切れることがなかった。いままでは手間賃も出《で》づら（日当）五百文である。月に二十日働けば二両が稼げた。

しかしこの稼ぎの多さを喜んでくれる家族が銀次にはいなかった。九歳で生き別れたふたおやも兄も、音沙汰《おとさた》がないままだ。

棟梁が手間賃を払ってくれる旬日《じゆんじつ》だけは、酒好きの職人も急ぎ足で家路につく。あるとき銀次は、となりに住む左官職人と連れ立って帰ったことがあった。仕事場から裏店まで、女房とこどもの話を聞かされ続けた。

「あんたも早く所帯を構えなよ」

説教までされた。裏店に帰り着くと、左官職人の宿からこどもが飛び出してきた。

「今夜は寒いからって、かあちゃんがお燗《かん》をつけてるよ」

連れの銀次にぺこっとあたまを下げると、父親を引っ張るようにして宿に入った。

銀次の宿は、ひとの気配もなく暗い。

銭なんざ、幾ら稼いでもしゃあねえ……。

稼ぎがいいだけに気が深く沈んだ。

銀次はこれまでにふたりのおんなと恋仲になり、それぞれに所帯を持つ約束まで交《か》わした。ひとりは下駄《げた》職人の娘で、もうひとりは料亭の仲居である。

銀次はこのふたりを立て続けにしくじった。それからは、ひとを好きになるという気を捨てた。

育ててくれた棟梁を失ってこころに大きな穴があいた銀次は、博打《ばくち》にはまった。手伝い先の棟梁は、流れ者の銀次に意見などはしない。稼ぎのほとんどを賭場《とば》に沈めた挙句《あげく》、わずか半年で二十両もの借りを作った。

賭場は銀次が言うだけのカネを二つ返事で用立てた。が、二十両を超えるといきなり取り立てを始めた。

去年の師走からは一朱《しゅ》の賭けもさせてもらえず、持ち金はすべて返済に取り上げられた。しかも返すだけでは許してもらえず、仲間を賭場に引き入れる役まで強《し》いられた。

賭場の利息は尋常ではない高利だ。返済金も仲間を引きずり込んだ口銭《こうせん》も、すべてが利息分にしかならない。元金の二十両は一文も減ってはいなかった。

昨日、銀次が賭場に引き込んだ鏝屋《こてや》の一家が夜逃げした。道具も持たず、着の身着のままで逃げた跡を見て、銀次はおのれがなにをやらかしたのかを思い知らされた。

おれがこの一家を潰《つぶ》した……。

その責めに押されて、賭場に向かっていた。

二

仲町《なかちょう》の辻から拍子木《ひょうしぎ》の音が流れてきた。夜回りの音《ね》で我に返った銀次は、足を速めて橋を渡った。

冬場の火の用心が始まると四ツ（午後十時）で、町木戸が閉じられる。そのあと通り抜けるには、番小屋に行き先などを細々《こまごま》と話さなければならない。

賭場をたずねる後ろめたさを抱えた銀次は、仲町から木場まで駆けた。

「猪之介《いのすけ》親分のところに行きてえんだ」

木場の番小屋は、賭場からたんまり小遣いをもらっている。番太郎は余計な問いもせずに通してくれた。

賭場の格子戸を入ると、客を目利きする張り番が土間に控えていた。

「親分に通してもらいてえ」

張り番の仙六《せんろく》は銀次を見知っている。

「借りをけえしにきたんだ」

銀次が大きな借金を抱えているのは仙六も聞かされていた。かわりを土間に呼びつけると、銀次の身体を改めもせず猪之介のもとへ連れて行った。

猪之介は自分の宿ではなく、賭場の奥の十畳間にいた。濡れ縁の先には小さな庭があり、庭木の陰には客を逃がす潜《くぐ》り戸が設《もう》けられている。

猪之介は長火鉢《ひばち》の前であぐらをかいており、手前には代貸《だいがし》の新三郎《しんざぶろう》が座っていた。

「そこで待ってろ」

猪之介が掠《かす》れ声で指図した。

背丈六尺（約一八〇センチ）で目方は二十二貫（約八二キロ）の巨漢だ。猪之介は怒りが深くなるにつれて、話し方が穏《おだ》やかになる。しかし顔には次第に朱が差し始め、ついには身体がひと回り大きく膨《ふく》れるのだ。

達磨《だるま》の猪之介と呼ばれる所以《ゆえん》だが、ほんとうに達磨にした者は、そこまでの命だと言われていた。

「ゼニができたのか」

新三郎を前に座らせたまま問いかけてきた。長火鉢の端には徳利《とつくり》があり、五徳《ごとく》には湯豆腐の小鍋が載《の》っている。猪之介の膝に乗った三毛猫が、みゃあ……とひと鳴きした。

新三郎が目を細めて振り返った。

面長《おもなが》で眉が細く、唇は赤くて薄い。月代《さかやき》はいつも青々としており、髷《まげ》のよれた新三郎を見た者はいない。役者のような優男《やさおとこ》顔の陰には、手下も怯《ひる》むほどのむごさを隠していた。

見た目と異なるのは銀次も同じである。

からりとした隠しごとのできない性分だと思われているが、こころの奥底には固い殻で覆《おお》い隠した別の気質を秘めていた。

九歳で肉親と引き離されたあと、いきなり他人の飯で養われ始めた。周《まわ》りのおとなは、こどもが感ずる哀しみや悩みに、肉親のようには頓着《とんちゃく》してくれない。

辛《つら》くてべそをかいても痛みは分かってもらえず、明るく笑ってさえいれば可愛がられた。銀次は住み込み始めて半年も経《た》たないうちに、それを悟った。

以来、元気なこどもであり続けた。二十歳になったときには、明るい見かけが習い性《しょう》となって染《し》みついていた。少々のことではへこたれない根性も鍛えられた。

ごくまれに、明るさの下から深い陰《かげ》りがこぼれ出ることがあった。

懸命に隠そうとしている寄方《よるべ》ない身の哀しさを、猪之介は見抜いた節《ふし》がある。ゆえに銀次に対しては猪之介らしからぬ甘さが出た。それが新三郎には気に入らなかった。

賭場を任《まか》されている新三郎は、銀次にはことのほか容赦《ようしゃ》がなかった。鰻屋を夜逃げに追い込んだのも、銀次が引き込んだ客だったからだ。

「いまのままじゃあ、借金けえすめえに身体が潰れやす。命に賭けてもゼニはけえしやすから、しばらくは放っといてもらえやせんか」

鏝屋の暮らしを潰したことで、銀次は肚《はら》を決めていた。新三郎には目もくれず、猪之介を見詰めて一気に言った。

「聞いたことのねえ話だ」

膝の猫を撫《な》でる猪之介が目元を険《けわ》しくした。

「新三郎の取り立てをやめさせせろと聞こえたが、おれの思い違いか？」

声が不気味なほどに穏やかだが、目の光は銀次の身体を突き通しそうに強い。

銀次も踏ん張って受け止めた。気を抜くと、胸元を食い破られそうな眼光だ。堅気《かたぎ》と渡世人とでは、睨《にら》み合っても勝負にならなかった。

銀次の口が乾いてきた。思いっきり深く息を吸い、ゆっくりと吐き出した。

「あっしの二十両を待ってもらいてえと言いやした。虫のいいのは百も承知でやすが、なんとか聞き入れてもらいてえんで」

「断ったら……そこに呑《の》んでる道具で、おれと命のやり取りをする気だな」

銀次の胸元に猪之介の目が移っている。すかさず立ち上がろうとした新三郎を、猪之介は目で押さえつけた。

「鏝屋の夜逃げが、おめえにそれを言わせたようだが……」

掠れ声がさらに低くなった。

「いまも新三郎と、落とし前のつけ方を話していたところだ」

唇を歪《ゆが》めた新三郎が、銀次を睨《ね》めつけた。

「命がけの掛け合いをやって、おれが待つと言ったらどうする気だ」

乾いた唇を嘗《な》めて、銀次が長火鉢の方に膝を詰めた。

「あっしは稼ぎのいい大工でさ」

「だからこそゼニを回した」

「ようく分かってやす」

口の中がカラカラでうまくしゃべれない。なんとか唾《つば》をためて、話を続けた。

「借りをきちんとけえすためにも、元を稼ぎ出す仕事をしくじりたくねえんで……」

銀次が畳にひたいを押しつけた。

猪之介は答えず、猪口《ちよこ》を何杯か干した。徳利を空《から》にすると、小鉢の豆腐を啜《すす》り込んだ。

新三郎がうつむいたままの銀次を睨みつけている。猪之介が小鉢を戻した。

「つらを上げろ」

猪之介の声音が変わっていた。

「腹をくって話をしたのは買ってやる。差しで睨み合った度胸もわるくはねえ」

新しい徳利の酒を猪口に注《つ》いだが、飲まずに置いた。

「銀次、賭場をひとつ、仕切ってみろ」

新三郎が猪之介を振り返った。

「親分、しゃれが過ぎやせんか」

声が上擦《うわず》っている。口を挟んだ代貸を猪之介が睨みつけた。膝から下りた猫が、新三郎に牙を剝《む》いてから庭に出た。

思いも寄らないことを聞かされて、銀次は言葉が出なかった。

「大工の手間賃よりは実入りがいいぜ」

猪之介の目が笑っている。新三郎は怒りを込めた目で銀次を睨みつけていた。

「この場で答えなきゃあいけねえんで」

「町木戸も閉じたことだ、夜が明けたところで聞かせろ」

猪之介が仙六を呼びつけた。

「銀次を朝まで置いてやれ」

言いつけられた仙六は、若い衆が寝起きする六畳部屋に銀次を押し込んだ。

三

押し込められた六畳間は、流しの土間わきだった。若い衆が使う布団と掻巻《かいまき》が隅《すみ》に積み重ねられている。陽が差さない部屋は、真冬の夜でもかびくさかった。

賭場はいまからが盛りで、明け六ツ（午前六時）に町木戸が開くまで賑《にぎ》わう。若い者が出払った部屋は、明かりも火の気もない。壁板に寄りかかった銀次は、半纏の前を合わせて様々なことを思い返した。

銀次が初めにしくじった相手は、六右衛門店の別棟に住んでいた下駄職人の娘、たまえである。たまえは母親を早くに亡くし、父親家吉《いえきち》とふたりで暮らしていた。

銀次が長屋に越したとき、ひとり者の男はほかにいなかった。たまえは銀次より三歳年下で、当時は十八だ。棟は違っていても、ふたりが近寄るのに暇はかからなかった。

天明二年の暮れに、銀次は家吉に所帯を構えさせて欲しいと許しを乞《こ》うた。

「腕がよさそうなのは見ただけで分かるが、おめえの手間賃は幾らでえ」

「出づらで二百五十です」

「てえことは、詰めて働きゃあ六貫文は稼げるてえことか」

「それぐれえは稼ぎます」

「月に六貫文へえりゃあ、娘でも遣《や》り繰《く》りができるだろうよ。ここから越さねえてえなら、おれはいいぜ」

銀次のさっぱりした気性を気に入った家吉は、多くを言わずにふたりの仲を許した。祝言《しゅうげん》は黒船橋たもとの小料理屋で、長屋の連中と、銀次の親方や職人仲間を招いて二月と決まった。

祝言を間近に控えた天明三年一月の夕暮れ、銀次は家吉と黒江《くろえ》町の縄のれんで落ち合った。飲めない銀次だが、義父になる男の誘いは断れなかった。

家吉はひどい酒癖を隠し持っていた。

「ほんとうはてめえなんぞに娘はやりたかあねえんだ……おい、聞いてんのかよう」

酔いが深くなるにつれて、銀次に絡《から》み始めた。家吉の大声に周りの客が顔をしかめたが、銀次があたまを下げてなんとか収めていた。

「すみませんが小便に……」

銀次が堀端で用を足しているわずかな間に、家吉は浪人ふたりに難癖をつけた。相手もしたたかに酔っており、周りが取り成す間もなく家吉はおもてにつまみ出された。

小便を終えて振り返った目の前で、家吉が斬り捨てられた。なにもできない銀次の前で、浪人のひとりが家吉に止《とど》めを刺し、急ぎ足で闇に消えた。

「だめだよあんた……番所のお役人が来るまで、ここを動かないでくれ」

追いかけようとした銀次は、飲み屋の親爺に引き止められた。

非は家吉にあったと、その夜にいた客が口を揃えた。しかしたまえは、父親が斬られたのになにもできなかった銀次を責めた。

「銀次さんて、いくじなしだったのね」

粗末なとむらいを出したあとで、たまえは裏店から出て行った。

銀次は浪人者を探して、縄のれんや深川界隈《かいわい》を毎晩のように歩き回った。酒が飲めない銀次には苦行《くぎょう》だし、浪人者を見つけたところで、たまえとの仲が戻るわけでもない。自分なりのけりをつけたかったのだ。

浪人ふたりとは二度と出会えなかった。

そのかわりに、浅草寺《せんそうじ》そばの料亭仲居のおさちと知り合った。毎晩のように顔を出しながら番茶で肴《さかな》だけを食う銀次に、おさちのほうから声をかけたのが始まりだった。

たまえとのことで深手を負った銀次に、おさちは余計なことを言わず、包み込むような話し方をした。二十二歳になったばかりの銀次は、仲居の手管《てくだ》にのぼせあがった。

「あんたがつらいのも分かるけどさあ、幾らなんでも早過ぎやしないかい。それにあの女は玄人《くろうと》だよ」

たまえが出て行ってまだひと月も過ぎておらず、左官の女房が銀次をたしなめた。うしろめたさはあったものの、その負い目を押しのけるほどに、おさちにのめり込んでいた。長屋の連中が意見しようとしても耳を塞《ふさ》ぐ銀次には、だれも構わなくなった。

「おれと所帯を持ってくれるよな」

「嬉しいことを言ってくれるじゃないの。もちろんそうさせてもらいたいけど、いまのお店に義理のわるい借金があるのよ」

なんのかんのと銀次から、おさちは散々に絞り取った。足りない銭は親方から借りた。

「どうも話がめえねえ。一度おれんところに連れてこい」

二両のカネを渡しながら、初五郎はきつい小言を言った。銀次はそのままをおさちに話した。

「そりゃあ棟梁の言う通りよ。休みがとれたら連れて行ってね」

銀次にこう話した次の夜、おさちは料亭をやめて行方をくらませた。

おさちのことは、どんな顔だったかも、幾ら騙《だま》し取られたのかも定かには思い返せない。しかしたまえのことは、裏店を出て行った日の絣《かすり》の柄《がら》までも、はっきり覚えていた。

たまえを思い出すかたわらで、夜逃げをした鏝屋一家のことにも責められた。

仕事場で、借金が五両にもなっちまったと鏝屋に泣きつかれたのは四日前だ。おのれの借金に追い立てられている銀次には、答える思案もない。

「てめえの尻《ケツ》は、てめえで拭《ふ》きなよ」

開き直って突き放した。その挙句の夜逃げである。

今日の明け方、銀次は鏝屋が暮らしていた裏店に顔を出した。

「譲吉《じょうきち》さんが夜逃げしたのは、てめえのせいじゃねえか。よくもつらぁ出せたもんだな」

裏店の連中に塩を撒《ま》かれた。こどもたちから小石をぶつけられた痛みは、まだ銀次の胸に残っている。

賭場に誘い込む前、銀次は鏝屋の家で飯を食わしてもらったことがある。ぬくもりに満ちた一家で、こどもふたりも台所を手伝っていた。

銀次はこどもの顔と声とを、はっきりと思い浮かべることができた。どの顔も楽しげに笑っている。その一家を潰した。寒いのに、ひたいには脂汗《あぶらあせ》が浮いた。

おれがかかわりを持つと、なぜかひとを不幸にしてしまう……この思いに押し潰されそうだった。

てめえを根っこから変えねえことには、またたれかをぶち壊すに決まっている。そんな生き方はもうしたくねえと、死ぬ気できたんだ。怖いものはねえ……。

夜が明けて仙六が呼びに来たとき、銀次は肚を決めていた。猪之介のわきには、昨夜と同じ身なりの新三郎が座っている。

「決めた顔だな」

長火鉢の向こうから猪之介が声をかけてきた。

「勘弁してくだせえ。博打は好きですが、あっしは堅気の大工でさあ。親分の稼業は、おれにはとってもつとまりやせん」

きっぱり言い切った。猪之介が、ぶわっと大きく膨らんだ。銀次の腰が浮き上がりそうになった。

「断るなら、覚悟はできているんだろう」

言うなり仙六を部屋に呼びつけた。

「道具を持ってこい」

達磨になった猪之介を見て飛び上がった仙六は、匕首《あいくち》を手にして駆け戻ってきた。

銀次は猪之介に見据《す》えられて、身体の芯《しん》から冷えた。それでも決めた肚はぶれなかった。

ほんとうに達磨になるんだ……。

妙に醒《さ》めた気で、猪之介の睨みを受け止められた。

猪之介に逆《さか》らう銀次をあざけっているのか、目を細くした新三郎が唇をぺろりと嘗《な》めた。

猪之介は匕首を長火鉢の上に置いた。

「睨み合いは、ゆんべだけでたくさんだ」

いままで銀次が聞いたことのない、野太い声だ。新三郎が横目で猪之介を盗み見た。

「話に食いつくぐれえの肚の決め方なら、この場で息の根を止めた」

風向きが変わったのを感じた新三郎が、小さな舌打ちをした。

「貸したゼニはビタ一文まけねえが、利息はいらねえ。ちびちびけえすんじゃなしに、二十両そろったところでけえしに来い。おれが生きている間なら、日の限りはなしでいい」

新三郎があからさまに顔を歪ませた。銀次の肩から力が抜けたのを見て、猪之介の目が強く光った。

「銀次、勘違いするんじゃねえぜ」

猪之介の声には、かけらの甘さもなかった。

「二十両をけえし終わるまでは、大川を渡るんじゃねえ」

「…………」

言われたことが呑み込めない銀次は、返事ができなかった。

「いま限り、大川の向こうに追っ払うということだ。どこでなにをしようが勝手だが、おめえが大川のこっちに来てもいいのは、ゼニをけえしに来るときだ。そうじゃなしに一歩でも渡ったら、その場で始末する」

縛《しば》りがなにかを得心《とくしん》できた銀次は、黙ったままあたまを下げた。

「おめえのことは仙六が見てるぜ。分かったら返事を聞かせろ」

「しっかり肝《きも》に銘じやす」

顔を上げた銀次が、はっきりと答えた。

「そんなことじゃあ、甘過ぎやしやせんか」

新三郎が口を尖《とが》らせた。

「おれの決めに、いつからいいのわるいのが言えるようになったんだ」

「そんなつもりじゃあねえんで……」

猪之介に凄《すご》まれた新三郎が、あとの言葉を呑み込んだ。

「これさえ守れば何も言わねえ。堅気らしく生きてみろ」

「親分……」

「もういい」

銀次の口を抑えた猪之介は、仙六をつけて外に出した。

冬の朝日が、富岡《とみおか》八幡宮の杜《もり》に降り注いでいた。何軒かの商家が雨戸を開き始めているが、通りにはまだ朝の静けさが残っている。横丁の路地奥から、しじみ売りの売り声が聞こえてきた。

寒さがきつく、銀次の吐く息が真っ白に見える。八幡宮の手前まで歩いてくると、大きく盛り上がった永代《えいたい》橋が見え始めた。銀次が着ている半纏の濃紺が、朝日の薄いぬくもりを吸い込んでいるようだった。

四

賭場を出た銀次は、その足で六右衛門店に帰った。月の初めに店賃は払ってある。ひとり暮らしに所帯道具はほとんどなかった。

「部屋のものは好きに売り払ってくだせえ」

文字の書ける銀次は短い書き置き一枚を残し、道具箱に着替えを詰めて宿を出た。

おさちとの一件以来、長屋の住人とはほとんど口をきいていない。それでも六右衛門店は、銀次が初めてひとり暮らしを始めた場所だ。いまでも胸の奥底で想っているたまえと出会った長屋でもある。

いざ出て行くとなると、様々なことが思い出された。二十両のカネができるまでは、二度と深川に戻ることはできないのだ。長屋の木戸を出るときに、銀次は名残《なごり》を惜しむかのようにあたまを下げた。

仲町の辻を折れて、永代橋に差しかかった。六ツ半（午前七時）の朝日が大川の斜め上だ。川風は凍《こご》えており、仕事先に急ぐ職人が半纏を閉じ合わせて行き交っている。

銀次は橋のなかほどで立ち止まった。餌《えさ》を求めて川面を群れ飛ぶ都鳥《みやこどり》の翼が、陽を浴びて真っ白に照り返った。

二十両をけえし終わるまでは、大川を渡るんじゃねえ。そうじゃなしに一歩でも渡ったら、その場で始末する……あたまのなかで、猪之介の脅《おど》しが何度も響いた。

銀次はいま、浜町《はまちょう》の棟梁を助《す》けに入っている。日本橋通《にほんばしとおり》二丁目の乾物問屋離れが普請場だ。そこへ行くには永代橋を西に渡る。

ひとたび渡れば、もう引き返せない。長さ百二十間《けん》（約二二〇メートル）の橋が、途方もない隔《へだ》たりとなって立ちはだかるのだ。

南北に流れて河口が江戸湾に注ぐ大川は、江戸の町を大きく東西に分けていた。

御城《おしろ》があることで、川の西側には諸国大名屋敷や公儀役人の役宅、旗本・御家人の屋敷が集まっている。それらを相手にする商家大店《おおだな》や老舗《しにせ》も大川の西に店を構えていた。

東側の多くは、初代家康《いえやす》の時代から埋立てが始まった新しい町である。

埋立地の町造りに際し、公儀は大川につながる無数の堀割を深川に造った。諸国から江戸に運び込まれる材木、米、酒などの産物の水運を考えてのことだ。家屋普請に欠かせない材木置き場も、堀沿いの木場に構えた。それゆえ蔵で働く仲仕《なかせ》衆や、大工・左官などの職人、それらの住人相手の小商いが東側に集まった。

大川を挟んで、西と東では町の様子が大きく異なっていた。どちらか片側だけで暮らしの用が足りるわけではなく、ひとは橋や渡し舟を使って好きに西と東を行き来している。

その大川を渡れなくなる……。

猪之介の縛りがどれほどきついことになるか、永代橋を渡りかけたところで銀次は思い知った。

猪之介の前では肚を決めたつもりだったが、銀次の足が動かなくなり、肩に担《かつ》いだ道具箱を橋の上に下ろした。大川はいつもと変わらずゆるやかに流れている。

「てめえ、ここでなにをやってんでえ」

声は仙六だった。腹に巻いたさらしに手をあてている。

「てめえが大川を渡るのを見届けねえと、けえるにけえれねえんだ。とっとと渡りねえ」

橋に置いた道具箱を仙六が蹴飛ばした。通りすがりの職人が、かかわり合うのを嫌ったのか足を速めて過ぎ去った。

「分かったから凄むのはやめろ」

箱を担ぐ前に深川を振り返り、富岡八幡宮を目指して辞儀をした。あたまを戻し、右肩にしっかりと道具箱を担いだ。

「親分によろしく礼を伝えてくれ」

仙六に言い残した銀次は、一気に橋を渡り切った。

日本橋では職人の段取りに手違いがあって、銀次の仕事が休みになった。

「出づらは払うから、今日は休んでいいぜ」

棟梁に礼を言い残して普請場を離れたが、行くあてがない。六右衛門店の差配《さはい》に断りも言わずに出た銀次は、空き店《だな》を探そうにも添え状ももらっていなかった。

気持ちよく晴れた真冬の四ツ（午前十時）過ぎ、銀次は神田川《かんだ》柳原《やなぎわら》土手に寝転んでいた。川に小石を投げ込みつつ、先行きをどうするかの思案を続けた。

九歳で大島村を出たあと、銀次が暮らしたのは高橋と佃町だけだ。高橋の棟梁はすでに逝《い》ってこの世にはおらず、六右衛門店とは今朝みずから縁切りをしてきた。

店子と口をきくこともなくなっていた六右衛門店だが、そこの暮らしがどれほど大切であったか、行くあてをなくして思い知った。

大川を渡れないことの重さも、じわじわと銀次を締めつけ始めた。仕事先の多くは、いま銀次が寝転がっている大川の西側だった。しかし暮らしたことも土地勘もない。町を行くひとの身なりもしゃべり方も、深川とは大きく違っている。なにより銀次は、川を渡った先で暮らすなどとは考えたこともなかった。

そうだ、先生をたずねよう……。

一刻《とき》（二時間）近くも、とりとめのないことばかり思い返していた銀次が、不意に浮かんだ思案を抱えて立ち上がった。道具箱をしっかり担ぐと、神田川土手沿いの道を西に歩き和泉《いずみ》橋を北に渡った。

橋の左手には火除《ひよけ》の原っぱが開けている。冬場のいまは、草が枯れて茶色の空地だ。神田佐久間町《さくまちょう》は火除地のうしろである。銀次は佐久間町一丁目の堀正之介《ほりしょうのすけ》道場をたずねた。

還暦を過ぎた正之介だが、身のこなしには寸分の弛《たる》みもない。無双《むそう》流指南《しなん》として大名家臣などに稽古《けいこ》をつけるかたわらで、日本橋大店の奉公人には読み書き算盤も教えていた。

昨年初秋、堀道場の屋根普請を請負《うけお》った棟梁に頼まれて、十日ほど銀次が入った。助っ人ではあるが銀次が段取りを仕切り、正之介の面識も得ていた。

「堀先生は、西国《さいごく》のお大名からぜひにと望まれた仕官を断った、えれえおさむれえさ」

仕事仲間から何度も正之介の人柄を聞かされた。

「いつどこで斃《たお》れるやも知れぬ剣法者に、家族係累《けいるい》は無用だ。雨露がしのげる家と、修行の道場さえあれば、そのほかの金子《きんす》も無用」

その生き方をみずから実践している正之介の道場は、冠木《かぶき》門もない仕舞屋《しもたや》である。屋根は茅葺《かやぶ》きで雨漏りがひどくなると、先に道場と寺子屋に使っている二十畳の板の間から屋根を葺き替えた。

下男も置かぬ質素な暮らしで、洗い物まで正之介がこなす。朝晩の賄《まかな》いは、となりに暮らす五十七歳の後家が支度《したく》に通っていた。

「せめて冬場の洗濯だけでも、われわれに手伝わせてください」

「一切無用だ」

弟子の申し出をきっぱり断った正之介だが、傷《いた》んだ箇所の修繕普請には職人を入れた。

銀次の大工作業を時折り見ていた正之介は、一日の終わりにねぎらいの言葉をかけてくれた。その普請のあと、正之介と行き来はしていない。

根っこから叩き直すには、先生に縋《すが》るほかねえ……。

厚かましいのは承知のうえで、銀次は道場をたずねた。正之介には、銀次の仕事ぶりが強くこころに残っていた様子だった。

「そなたはあの折りの……」

銀次を思い出した正之介は、こだわりなく居室に招き入れた。居間は畳敷きだが、火の気がまるでない。底冷えのする部屋で座布団も敷かず、銀次と向かい合った。

正面から見詰められた銀次は、口が開けなくなった。が、目は逸《そ》らさずに踏ん張った。

「子細は分からぬが、よほどの覚悟でまいっておるな。遠慮は無用だ、残さず話して荷をおろせ」

正之介が話の端緒《たんしょ》を開いてくれた。これで銀次の気がほぐれた。

「なげえ話になりやすが」

「存分にやりなさい」

正之介のやさしい物言いに促《うなが》されて、銀次はこれまでのあらましを余さず話した。

賭場の借金、鏝屋一家の夜逃げ、猪之介とのやり取り。これらすべてを話したうえで、銀次は道場入門を頼み込んだ。

「あっしはやっとうの腕が欲しいわけじゃあねえんです。真剣勝負で勝つためにゃあ、相手を殺す度胸がいりやしょう。あっしはその度胸を鍛えてえんでさ」

頼み込む銀次の膝が前に出た。

「この先でどんな修羅場《しゅらば》に出くわしても、気持ちがぶれねえ度胸を、やっとうから教わりてえんです。そうでもして根っこから鍛え直さねえと、夜逃げまでさせちまった一家に詫《わ》びが言えやせん」

銀次が震えていた。底冷えの寒さでも怯《おび》えでもない。話しているうちに身体の奥底から突き上げてきたものが、銀次を震わせた。

正之介は口を閉じたまま、銀次を正面に捉《とら》えて聞いていた。聞き終えると目を閉じた。開け放たれた障子《しょうじ》戸の向こうに庭があり、南天《なんてん》が赤い実を結んでいる。足早に傾いていく冬の陽が、庭から逃げようとしていた。

「これよりそなたを銀次と呼び捨てにする」

正之介が口を開いたのは、四半刻（三十分）も過ぎてからである。庭の陽はすでになかった。

「おまえの考えていることは、わしなりに得心した。いささか驚いたがの」

「へっ……？」

「剣術の腕が欲しいのではなく、おまえ流の物言いだと度胸が欲しいと言う。これにわしは驚いたのだ」

「いってえ、どこがおかしいんで……」

銀次にはわけが分からず、的外《まとはず》れな問いかけをした。

「なにもおかしくはない。剣を学ぶ者の行き着くべきところが、おまえの言う度胸、つまりはこころだ。こころの鍛錬ができれば、剣を抜かずとも相手を斃すこともできる」

「………」

「いまのおまえにはまだ得心できぬだろうが、やがて分かるときも来る」

いつの間にか銀次の震えが止まっていた。

「口にしたいまの考え方ができるならば、今夜からこの道場に住みなさい。人別移《にんべつ》しは、こちらの町役人に頼めば済む」

「それでは、弟子にしていただけるんで」

正之介が座り直した。目の光が強くなっている。銀次も居住まいを正した。

「いまのおまえには、どんな苦行にも耐え抜こうとする気力がうかがえる。しかし銀次、ひととは弱いものだ。どれほど決めたつもりでも、わけなくくじける」

「あっしはそんなことは……」

くじけそうになりつつも、肚を決めて大川を渡り切った銀次が意気込んだ。

「黙って聞きなさい。修行の始まりは、おのれの弱さを見極めることだ。弱さを知るに、なんら恥じることはない」

「余計なことを言いかけやした」

半端な口を恥じた銀次が、顔を赤くして俯《うつむ》いた。

「おまえをここに住まわせるに先立ち、幾つか取り交わす決めごとがある。それらをいまから申すゆえ、かならず守りなさい」

「分かりやした」

顔を上げた銀次が両目に力をこめた。

「まずは言葉遣いを改めることだ。おまえの物言いを、お店者《たなもの》の話し方にこころして変えなさい。そのわけをいまは言わぬが、これが決めごとの第一だ」

「へっ……はい……」

「それだ、銀次。そのように、決めたことをすぐに守ろうとする努めが肝要だぞ」

正之介がわずかに目元を和《やわ》らげた。

「決めの第二は修練の費《つい》えだ。稽古の謝金は無用だが、そのかわりに道場の修繕はおまえの才覚で段取りしなさい」

銀次が何度もうなずいた。

「道場暮らしの賄いは定めた日を違《たが》えず、わしに払いなさい。猪之介とやらへの金子を蓄えつつも、暮らしの入費は惜《お》しまず遣うことだ。それを怠《おこた》ると気質が卑《いや》しくなる」

「はい」

「決めの最後は修行についてだ。昼間は職人として存分に働き、ここに戻ったあとは夕餉《ゆうげ》前に木刀の素振《すぶ》りを五百回いたせ」

「かならずやります」

「素振りはすべての基《もと》だ。きついだろうが、こころして取り組め」

「はい」

この夜から素振りをと銀次は願い出た。

「ことを成すには手順がある。拙速は厳に慎《つつし》むことだ。明日、おまえの言葉遣いを仲間内で改めることから始めなさい」

銀次がまた顔を赤らめていた。

五

翌日の普請場は大騒ぎになった。

「おはようございます」

朝のあいさつをされた棟梁や職人たちが怪訝《けげん》な顔になった。が、このときはまだ大した騒ぎは起きなかった。

「左官屋さんも今日は大丈夫そうですね」

「なんだと……銀次、熱でもあるのかよ」

「いえ、身体はなんともありません。おととい決めた段取り通りに、あとの普請を進めてもよろしいでしょうか？」

銀次の言葉遣いに棟梁が呆気《あっけ》にとられた。わきで聞いていた大工連中が寄ってきた。

「銀さん、どうかしちまったのか？」

「なにかの願《がん》掛けでもやったてえのかよ」

「頼むからよう、その妙なしゃべり方を引っ込めてくんねえな。尻《ケツ》がむずむずして、屋根から落っこちそうにならあ」

散々に言われても、銀次は笑うだけだ。

にわか仕込みのお店《たな》言葉の合間に、つい職人言葉が混ざったりする。その都度《つど》職人たちは笑い転げた。この日は朝から仕事仕舞《じま》いまで、銀次はからかいの的《まと》だった。

道場に戻ると身体よりも気疲れがひどかった。道具箱を片付け、正之介から借り受けた稽古着に着替えて木刀を手にした。

夕餉前の素振りである。木刀を握るのも素振りも生まれて初めてだ。

「頭上に構えて一気に振り下ろす。それを五百回繰り返せ」

昨夜の正之介はこれしか指図しなかったが、握り方の基本はしっかりと教えた。素足で庭に下りた銀次は、大きく息を吸い込んだ。

正之介は居室におらず、庭には明かりが届いてこない。冷え切った地べたは、とどまっていると凍りつきそうで痛い。

寒さがつらくて素振りを始めた。五十回を振ったところで肩に痛みを覚えた。握りに力が入らなくなり、何度も木刀がすっぽ抜けた。

二百回目で手のひらにマメが浮き、三百回を過ぎたところで潰れた。

なんてえことだ、やってらんねえ……。

胸のうちで職人言葉の毒づきを吐き、庭石に座り込んだ。冬の凍えが稽古着を突き抜けて、肌の汗を奪い取ってゆく。

ひどい震えが出て、膝に載せた木刀が転げ落ちた。銀次が我に返った。

破り裂いた手拭いを手のひらに巻きつけ、素振りに戻った。マメを潰した痛みと肩の痛みとで、銀次の顔が歪みっぱなしだ。それでもなんとか続けた。五百を振り終えたときには脂汗まみれだった。

「銀次、手のひらを出せ」

いつの間にか正之介が縁側に立っていた。銀次は足をよろけさせて近寄った。

「身体が新しいことに馴染《なじ》んでおらぬ。ゆえにマメを出して逆らっておるのだ」

貝殻に詰めた軟膏《なんこう》を、潰れたマメに塗り始めた。それが沁《し》みて銀次が声を漏らした。

「痛みに負けて素振りをやめれば身体の勝ちだ。おまえのこころが勝つためには、やり続けて身体をこころに従わせるほかにない」

「肝に銘じます」

やっとの思いで銀次が答えた。正之介が指先で軟膏をのばしている。

「ここを乗り越えれば、身体はおまえに従い始める。痛みはいっときのことだ、怯《ひる》まず続けろ」

堀正之介が用いた軟膏は、塗り始めは息をするのも苦しいほどの痛みを呼び起こした。夕餉のころには鎮まり、床に就いたときには痛みがきれいに消えていた。

「怯まず続けろ」

あれはお店言葉を遣うことも含んでいる……銀次は眠りに近づきながら気づいた。

冬が去ると庭の梅が咲いた。花見ごろには、柳原土手の桜に江戸中のひとが押し寄せた。季節が移ろい変わっても、銀次は素振りも言葉遣いも変わらずに続けた。

葉桜に変わり、初鰹《はつがつお》が話にのぼるころには、銀次の言葉遣いはしっかりと板に付いていた。

しかし修行はいまも素振りだけである。六月早々に梅雨入りした。雨降りが続いても、銀次の修行場は庭だ。濡れた木刀が滑り抜けぬよう、握り方を工夫した。

天明八年六月七日、正之介が所用で日暮れ前から他行《たぎょう》となった。

気がゆるんだ銀次は、素振りを途中までやめた。毎日五百回も木刀を振ることに、いささか飽きていたからだ。

本当にこれで度胸がつくのだろうか。無駄なことをやっているんじゃないか……。

三百回でやめた言いわけを、おのれに言い聞かせながら床に入った。

その夜、銀次は夜逃げした鰻屋の裏店に行った朝の夢を見た。

「ろくでなしい」

「おまえなんか死んじまえ」

泣き叫ぶこどもたちに追いかけられて、路地に逃げ込んだ。怒りで膨れた猪之介が出口に立ち塞《ふさ》がっている。猪之介の巨大な手のひらがにゅうっと伸びて、銀次の首に巻きついた。路地のうしろから、こどもの叫びが追ってくる。どこにも逃げ場がなかった。

勘弁してくれ、許してくれ……。

両手を合わせているところで目が覚めた。飛び起きたあとは、寝汗にまみれたまま布団の上で震えた。

この夢に懲《こ》りた銀次は、いままで以上に身を入れて修行を続けた。やがて木刀を振り下ろすなかで、息遣いと間合いとを肌に感じ取ることができ始めた。素振りをさせながら、正之介が無双流の形を授けてきたからだ。

目に見えぬ相手を前に置き、相手の動きを思い描きながらおのれの動きを図る。これを繰り返し修練した。

正之介は上達具合を銀次になにも話さない。しかし修行の成果は、銀次の身体とこころに積み重ねられていた。

雨続きで、大工仕事に飛び飛びの休みが生じた。普請場に出ぬ日の銀次は、道場の床板修理や雨漏りの修繕に精を出した。

そんな雨降りの或《あ》る日、門弟の帰った道場に正之介が銀次を呼び入れた。

「竹刀《しない》を持ちなさい」

初めて道場で竹刀を持てたことに、銀次は気を昂《たかぶ》らせた。しかも堀正之介が稽古をつけてくれるのだ。

竹刀を手にした銀次は、素振りの要領で正之介の正面に立った。たがいに竹刀を正眼《せいがん》に構えている。銀次が相手の竹刀に目を向けた。

いきなり腰が砕けそうになった。目の前に丸太のような竹刀があり、どこへ逃げても叩き潰されそうな気がした。

竹刀の先に大きな目玉がついている。動けば襲われる……。

これが恐くて銀次の足が凍りついた。動けないのに汗が出た。息があがり、立っていられなくなった。銀次が竹刀を落とした。

「先生、お許しください」

乾き切った口から、やっと言葉が出た。正之介も竹刀を下げて床板に正座した。

「なぜ竹刀を取り落としたのだ」

いつになく厳しい声音である。

口が乾いて息のあがった銀次からは、喘《あえ》ぎしか出ない。

「おまえに生じたことを言ってみなさい」

「怖くて立っていられませんでした」

「なにがそれほどに怖かったのだ」

「少しでも動けば、先生の竹刀に襲いかかられそうでした」

堀正之介が柔和《にゅうわ》な笑みを見せた。

「今日限り、修行は無用だ」

「えっ……そんな……」

銀次がうろたえた。

「取り違えるな。おまえは充分に体得したゆえ、このうえの修行は無用だと言ったまでだ」

銀次にはわけが分からない。正之介を見る目がまん丸になっていた。

「おまえの身が竦《すく》んだのは、それだけ相手の技倆《ぎりょう》が見抜けたからだ。心得のない者は、わしに向かってきて打ち斃された」

「………」

「相手を見切るのも大切な眼力だ。これだけの短い間でよくぞ身につけた」

正之介の口調がやさしいものに変わっている。

「おまえは剣術の腕ではなく、度胸を学びたいと申した」

「はい……」

「相手を見切られれば、あとの仕様《しよう》もある。未熟な者ほどおのれを過信し、相手を見くびることで大怪我《けが》をする」

正之介が銀次を膝元まで近寄らせた。

「ここに来た初めての日に、剣を抜かずとも相手を斃すことができると聞かせたが、覚えておるか」

「はっきりと覚えています」

「それがこのことだ。相手を見切ることができれば、向き合っただけで勝負がつく。敵《かな》わぬと見れば逃げればよい」

逃げると聞いて銀次が表情を動かした。

「剣に生きるわけでもないおまえは、逃げることを恥じるには及ばぬ。これを忘れるな」

堀正之介先生に認めてもらえた……。

銀次が道場の床板に涙をこぼした。

六

木刀の素振りに区切りを言い渡した正之介は、翌日から新しい修練を命じた。

「今日からは読み書きを教える。ひと通りのことはできるようだが、まだ不足だ。差し向かいで、論語読みの手ほどきから始めるぞ」

論語は儒学四書のひとつだが、職人には縁のない書物だ。正之介の素読みを目で追おうとしても、書は読めない字で埋まっている。

昼間の大工仕事で疲れ果てた夜でも、素振りは身体を動かすことで耐えられた。が、慣れない座学には我慢がきかなかった。

歯を食い縛っても居眠りに襲われた。その都度、正之介に膝を打たれた。手加減してはいるだろうが、無双流指南の鞭《むち》は脳天にまで響く。ふた月が過ぎ、藪蚊《やぶか》を払いながらも論語読みは続けられた。

ほとんどかな文字しか読み書きできなかった銀次が、九月初めには漢字を覚えていた。論語を終えると算盤と絵描《か》きが始まった。算盤は足し算だけでなく掛け算、割り算も練習させられた。初五郎親方のもとで通わされた寺子屋を、銀次は思い出した。

絵は正之介の剣術仲間が、佐久間町まで稽古をつけに出向いてくれた。

「なかなかに素直な筆遣いだ。筋がよいぞ」

絵ごころの備わっていた銀次は、教わるたびに腕を上げた。このことは大工仕事に大きく役立った。

筆を自在に操《あやつ》り普請図面を器用に描く銀次は、棟梁や仲間から重宝された。施主との掛け合いも、ていねいな言葉遣いの銀次ならうまくまとめられた。

「おめえなら月ぎめ三両で抱えるぜ」

浜町の棟梁が真顔で口にしたが、銀次はあいまいに笑うだけで答えなかった。

堀正之介をたずねてほぼ一年が過ぎ、町に木枯らしが戻ってきた。言いつけを守り、暮らしの掛かりは惜しまずに遣ってきた。それでも銀次の手元には、八両の蓄えが残った。

「おかげさまで八両を蓄えることができました。この調子で稼げば、あと一年のうちに借金が返せます」

「おまえの精進《しょうじん》ゆえだ。それについて、わしにひとつの思案がある。年が明けたところで、呉服屋の手代になってみぬか」

「おっしゃられることが呑み込めません」

「おまえの才覚と器量は、大工職人で終わらせるにはあまりに惜しい」

「あたしは職人が好きです」

めずらしく銀次が気負った返事をした。

「分かっておる。わしは大工をさげすんで言ったわけではない」

「それは重々承知ですが……」

「無理には勧めぬが、わしの見たところ、おまえには商いが向いておるぞ。思い切って呉服屋の手代を勧めてみないか」

日本橋千代《ちよ》屋が正之介の勧めた呉服屋である。当主の千代屋太兵衛《たへえ》と正之介とは、太兵衛に読み書きを教えたことを端緒とした、長い付き合いである。

「先生のご存知寄りの方で、てまえどもの手代に入ってくださるひとがございましたら、なにとぞお口添えをお願いいたします」

商いが膨らんだ千代屋から、素性《すじょう》の確かな手代が欲しいと聞かされたのは今年の一月、銀次が正之介をたずねたころだった。

正之介は銀次のなかに埋もれた、正直さと剛胆さとを最初の夜に見抜いていた。

この男なら千代屋に適《かな》うと考えた正之介は、銀次にお店言葉の習得を課した。さらに読み書き算盤と絵描きの修練を加えて、埋もれた才知を花開かせた。

ほぼ一年をともに暮らしたことで、銀次は正之介を心底から信じていた。言いつけられたことは、なにひとつ逆らわないできた。

しかし大工職人を捨てて呉服屋の手代になれという勧めは、承服できかねた。どれほどおのれを誉められても、お店勤めなど思案のほかでしかない。

「お言葉に逆らうようですが、幾日か考えさせていただけませんか」

「無論だ。すぐさま決められるわけがない」

正之介はそれ以上の勧めを控えた。

日本橋乾物問屋の離れ普請を気に入った施主は、茶室造作《ぞうさく》も浜町の棟梁に任せていた。段取りは銀次である。仕上がりを翌日に控えた夕暮れに、銀次は棟梁に相談した。

「どんだけおめえの恩人だかは知らねえが、その話は無茶だ。わるいことは言わねえから、明日にでもうちに宿替えしろ」

棟梁は銀次の相談ごとを弾き飛ばした。

翌日、施主が離れで仕上がりの宴を催した。

「棟梁にはいい仕事をしていただけた」

「ありがてえお言葉ですが、銀次の段取りが図抜けていたからでさあ」

銀次が照れくさそうにあたまを下げた。

「こんだけの腕を持ってる銀次に、大工をやめて呉服屋の手代になれなんてトンチキ言うのがいやしてね。世の中はほんとうに分かりやせん」

棟梁がぽろりと漏らした。その場はなにごともなく済んだが、帰り際に施主が銀次を呼び止めた。離れに銀次と施主とが残った。

「さきほど棟梁が口にされたことだが、わたしに次第を聞かせてくれないか」

施主は長男に代を譲った隠居である。銀次は施主と親しく話をしたことはなく、次第を聞かせろと言われて戸惑った。

「いきなり言われて面食《めんく》らっただろうが、あんたの仕事ぶりは見てきたつもりだ。それだけに、手代云々《うんぬん》には気がそそられたもんでね」

「仕事ぶりとおっしゃいますと？」

「障子戸や押入れの敷居と鴨居《かもい》に、蠟引《ろうび》きしてくれたのはあんただろう」

「少しでも軽く開け閉めができればと思ったものですから」

「その工夫のおかげで、年寄りのわたしでも楽に戸が扱えるよ」

隠居が手を打つと、離れ付きの女中が顔を出した。茶を言いつけられた女中は、さほど間をおかず煎茶《せんちゃ》と生菓子を盆に載せてきた。

「あの工夫と気配りのできるあんたなら、うちの手代に欲しいくらいだ」

隠居が生菓子を勧めた。大店が客に出す菓子は、色艶《つや》が違う。酒のやれない銀次は勧められるままに口にした。

「棟梁はトンチキだと言ったが、わたしはどんなひとがあんたを手代に勧めたのか、それが知りたい。年寄りの気まぐれだと思って、ことの次第を聞かせてくれないか」

銀次は手代の話を断る気でいるが、隠居の考えも聞いてみたいと思った。煎茶をひと口飲んだあとで、正之介とのあらましを含めて話をした。

「剣術の先生とは思わなかったが……ひとの目利きはさすがだ」

ひとことも口を挟まずに聞き終えた隠居が、最初に言ったのがこれだった。

「あんたの手間賃は知らないが、手代の給金ならおよその見当はつく。どう考えても、大工のほうが実入りはいいはずだ」

銀次も同じ思いを抱いている。隠居の言い分にしっかりとうなずいた。

「堀先生とてそれは承知だろうが、あえて手代を勧める親ごころを汲《く》んだほうがいいぞ」

「どういうことでしょう……うまく呑み込めるように聞かせてください」

銀次が素直に問いかけた。

「千代屋さんの商いが繁盛しているのは、見ていて分かる。手代を欲しがるのも無理はないが、あそこが軽々しくひとを採らないことも界隈では知られている」

隠居が音を立てずに茶を飲んだ。湯呑みの持ち方にも大店の風格があらわれていた。

「そこのご当主がひと探しを頼んだのが堀先生というわけだろうが、先生はあんたが育つまで一年も待たせたわけだ。千代屋のご当主も待った。いかに千代屋さんが、堀先生を信じているかが分かる」

銀次は身じろぎもせず隠居の話に聞き入っている。知らず知らず膝が前に出ていた。

「堀先生はあんたの育ち方を見極めたうえで、この話を切り出したわけだ。実入りが減るのを承知で勧めるのは、この先もあんたの後見人に立とうと肚をくくられたからだろう」

「先生があたしの？」

「万にひとつ、あんたが千代屋さんで間違いをおかせば、責めを負うのは……あんたをつないだ堀先生だろうが」

「…………」

「ひとの請人《うけにん》には、半端な決めで立てるものではない。たとえ実入りが減ったとしても、千代屋さんなら先々の暮らしが立つと先生は判じられたのだ」

隠居は銀次の目を見て話している。銀次もそれを受け止めていた。

「あんたはまだ若い。いま手代勤めを身につけておけば、また職人に戻ったとしてもかならず役に立つ。所帯もこれから構えるだろうし、こどももできるだろう。それらの一切合財《いっさいがっさい》を、堀先生はうしろで見守るつもりだと思うがね」

隠居の話が終わっても、銀次はしばらく動けなかった。

日本橋を出たときにはすっかり暮れていた。神田川に師走の月が映っている。一月に深川で見たのと同じような満月だ。和泉橋で立ち止まった銀次は、川面の月を見詰めた。

黒船橋でも月を見た。あのときは、成り行き次第では猪之介と刺し違えるつもりでいた。生きることへの望みなど、かけらもなかった。

いまは違う。血のつながりもない銀次のために、請人を買って出てくれる堀正之介がいる。隠居に諭《さと》されるまで正之介の思いを汲み取れずにいた、おのれの思慮の浅さを恥じた。

橋を離れたときには、銀次の肚はきっぱりと決まっていた。

七

銀次が千代屋の手代として商いの場に踏み出したのは、天明九（一七八九）年一月初旬である。この月二十五日に、公儀は寛政《かんせい》と改元した。まいないに塗《まみ》れた田沼《たぬま》時代との決別を、老中主座の松平定信《まつだいらさだのぶ》が世に知らしめる改元だった。

定信は矢継ぎ早に公儀財政を引き締める施策を打ち出すとともに、江戸町民にも倹約を強いた。二十八歳で始めた銀次の手代奉公は、出だしから厳しい荒波を浴びることになった。

猪之介は前年師走にひいた風邪《かぜ》が治らぬまま年越しをした。桜が咲き始めても、いやな咳《せき》は鎮まらないままである。

銀次の動きを張っている仙六から月に三度、細々《こまごま》と様子を聞いている。大工をやめて、手代奉公を始めたことも知っていた。

しかしなぜ呉服屋の手代になったかまでは、仙六には突き止められない。

「そうまでしてでも、堅気の暮らしがしたかったのか」

このところは、酒が入るたびに女房のおきちにこぼしていた。

「なにかわけがあるんじゃないのかねえ」

「どんなわけだ」

「あたしに突っかからないでよ」

「稼ぎのわるい手代なんぞになったら、ゼニをけえすのが遅れるばかりだ。甘い顔を見せ過ぎたかもしれねえ」

ときにはおきちに毒づきもした。

「凄むわりには、おまいさんの目尻が下がってるじゃないか」

猪之介が目を剝いたが、横を向いたときには満更《まんざら》でもない様子だった。


猪之介が銀次に甘いことには、新三郎は陰で何度も舌打ちをした。苛立《いらだ》ちが積み重なったいまでは、猪之介に背を向けていた。

新三郎は見かけの役者面の下に、猪之介とは質の異なる酷薄さを隠し持っている。きつい取り立てや脅し、ときにはひとの始末まで苦もなくやってきた。

猪之介もそんな新三郎を重用して、五年前に代貸に据えた。

賭場は代貸の器量次第で、盛りもすればおちぶれもする。新三郎は百両までの貸付け枠を猪之介から任された。客の多くは佐賀町《さがちょう》や仲町の大店あるじだが、なかには小商いの店主や職人もいる。

どこまで貸し込めるかの目利きに、新三郎は長《た》けていた。ひとたび新三郎が客を見切ると、凄《すさ》まじい取り立てを始める。

荒業《あらわざ》は手下に任せるのが代貸の役目だが、新三郎はみずから出向いた。客をいたぶるのが楽しみだった。

銀次はそんな新三郎が仕切る賭場で、借りを膨らませたのだ。

「このあたりで銀次は一杯だな」

貸し金が二十両を超えたところで猪之介がぼそりと言った。そのつぶやきを待っていたかのように、新三郎は容赦のない追い込みを始めた。

ところが猪之介は銀次を甘く放ち、新三郎の楽しみを取り上げた。取り上げただけでなく、銀次の前で恥までかかされた。

そのうえ仙六を使って、銀次が息災に暮らしているかまで確かめている。これを知った新三郎は、猪之介に裏切られたと思い込んだ。

息遣いも変えずにひとを始末できる猪之介に、新三郎は憧《あこが》れにも似た思いを抱いていた。ところが銀次を甘く許したあとは、めっきり凄みが薄れている。しかも暮れにひいた風邪が治らず、寝たり起きたりの繰り返しだ。

親分に焼きが回っちまったぜ……。

これまでの新三郎なら、猪之介を裏切ることなど考えもしなかっただろう。しかし銀次に見せた甘さが、新三郎を傷つけた。

親分が一番でえじに可愛がってるのはおれだ……これが新三郎の誇りでもあり、支えでもあった。その想いがあるゆえに、どんな荒事でもやり遂げてきた。

ところが猪之介は銀次をとった。銀次にひとつの賭場を任せると言ったのは、猪之介の本音だったといまでは思っている。

親分はおれを虚仮《こけ》にした……。

猪之介に見切りをつけた新三郎は梅が咲く前に、上野下谷《うえのしたや》の賭場を仕切る公家《くげ》の弐吉《にきち》に近づいた。

眉が薄くてのっぺり顔の弐吉は、背丈が五尺（約一五一センチ）の小男である。弐吉は代貸にも若い者にも大男を揃えて、わきを固めていた。

「なにが公家だ、ノミの弐吉じゃねえか」

猪之介はあたりかまわず、弐吉をこき下ろしてきた。弐吉もそれを伝え聞いている。

猪之介が弐吉を嫌っているわけは、もうひとつある。

弐吉は下谷の蹴転《けころ》宿で荒稼ぎをしていた。子沢山で亭主の稼ぎだけでは食っていけない長屋の女房や、貧乏御家人の妻女が春を売る、素人売春婦が蹴転である。他の岡場所より安く遊べることで日傭取《ひようとり》連中には人気があったが、公儀は闇《やみ》売春を厳しく取り締まっていた。

弐吉は地元の岡っ引きを使っておんなを脅し、おのれの売春宿に閉じ込めた。捕らえられたあとは、やつれ果てて客がつかなくなるか、病《やまい》で死ぬほかは二度と宿から出られない。

「おめえは渡世人の面《つら》汚しだ」

親分衆が寄り合った場でも、猪之介は面と向かって弐吉を罵倒《ばとう》した。

「いまに叩き潰してやる……」

折りさえあればと爪を磨《と》いできた弐吉は、新三郎を拒《こば》まなかった。

「あんたとあたしとが組めば、役者と公家の揃い踏みができるというもんだ」

弐吉は甲高《かんだか》い声で新三郎を迎え入れた。その日から新三郎は、猪之介の目に用心しながら弐吉との間を詰め始めた。猪之介が風邪をこじらせて長患《ながわずら》いになってからは、隠れて会う数が増えた。

「ことによると、達磨はこのままいけなくなるよ。六尺男もいまは弱気だろうから、始末をつけるのも造作《ぞうさ》ないと思うがね」

「そいつは見当違いてえもんでさあ。弱気になってることは間違いありやせんが、親分がそんなにやわなわけがねえ」

浮かれ気味の弐吉を、新三郎は何度かたしなめた。そう言いつつも、いまの猪之介なら始末ができるかも知れないとも思う。

焼きの回った親分には、おれを見抜ける眼力はねえ……このところの新三郎は、おのれに言い聞かせることで、奥底で消えない怯《おび》えを打ち消していた。

八

寝込んでからの猪之介は、毎日のテラ銭をうるさく訊《き》き始めた。

「おい、いねえのか」

猪之介の掠れ声は大きくない。このところはさらに小声になっている。手下連中は気が抜けなかった。

「仙六です、へえりやす」

ふすまの外にはだれかが張りついていた。

「新三郎を呼んでこい」

風邪をひいたあと、猪之介は賭場を出て宿に戻っていた。賭場から宿までは、駆け足なら幾らもかからない。気がかりを抱えている新三郎は、間なしに飛んできた。

「お呼びだそうで」

「いきなりでわるかったな」

「とんでもねえ。いつでも呼んでくだせえ」

「それを聞いて安心したぜ。仙六、半刻（一時間）ばかり宿からみんなを出しちまえ」

「でも親分……そいつは不用心でさあ」

いままでにないことに、仙六が気色《けしき》ばんで逆らった。

「新三郎がいるじゃねえか。出るめえに、おめえの道具を新三郎に渡しとけ」

仙六も新三郎の腕はわきまえている。代貸が守ってくれるならと納得して、匕首《あいくち》を手渡した。

「これでおめえと二人きりだ。ちょっとばかり長い話に付き合ってもらうぜ」

宿の張り番をおもてに出すなど尋常ではないが、猪之介はいつも通りの口調だ。

弐吉のことがばれてるはずはねえ……。

怯えを抑え込んだ新三郎は、猪之介を黙って見詰めた。

「床に臥《ふ》せって一日を過ごすと、岡目八目《おかめはちもく》いろいろめえてくる」

猪之介が大儀そうに口を開いた。

「このところ、賭場のあがりが日に日に減っている。こんなときにおれがなにを考げえてるか、おめえに分かるか」

「見当もつきやせんが」

「だれかがあがりを抜いてると、そこから考げえ始めるのよ」

「…………」

「賭場を任せてあるのは、おめえと卯《う》ノ助《すけ》だ。あがりは、卯ノ助の賭場がおめえよりもわるい。それでテラ銭を確かめたてえわけだ」

卯ノ助は新三郎よりひと回りも年上で、いまの賭場を任されて十年になる。代貸の器量は新三郎に及ばないが、半端な機転を利かさないところを猪之介は買っていた。

「もちろん、おめえのも調べたぜ。なにしろおれは、一日やることがねえ病人だ。あたまを使う暇には事欠かねえ」

猪之介の顔つきがやわらかくなっている。口調も一段とやさしいものに変わっていた。

「嬉しいことに二つの賭場とも、なんにも匂ってこねえんだ。代貸が妙な気を起こさねえで、しっかりと仕切ってる……そういうことだろう、新三郎？」

「あたりめえでさあ」

新三郎はあがりを抜くような、間抜けなことはなにひとつやっていない。

話がこれならと、新三郎は張り詰めていた気をゆるめた。

「正月早々、御上《おかみ》が出した触れのせいもあるだろうが、そのうち客も戻ってくる」

新三郎が猪之介を見ながらうなずいた。猪之介の目がわずかに険《けん》を帯びた。

「ところが上野のあたりは、賭場がてえした盛り上がり方だそうだ。うちの客を片っ端からノミがつまんでるんじゃねえかと思うんだが、おめえに心当たりはねえか」

これも新三郎には身に覚えのないことだ。弐吉がそんな軽はずみなことを、いまの大事なときにしでかすとは考えたくもなかった。

おれに鎌《かま》をかけているだけだ……。

新三郎は口を閉じたままでいた。目を細くした猪之介が話の続きを始めた。

「上野の動きをそっくり売りにくる、耳をおれは埋めてある」

「弐吉親分の賭場にてえことでやすか」

思いも寄らなかったことを聞かされて、問いかける新三郎の声が掠れていた。

「昨日、聞きたくもねえことを耳が売りに来やがったが、なんだと思うよ、新三郎」

「見当もつきやせん」

「うちの親分とそちらの代貸とが、しっかり出来てますすと耳打ちしてけえったぜ」

猪之介の目が絹糸のように細くなった。睨まれた新三郎が息を詰まらせた。

そのとき猪之介が激しく咳き込んだ。

いまなら殺《や》れる……。

新三郎が匕首を握りかけた。が、猪之介の目付きが新三郎を竦《すく》み上がらせた。

親分は分かっていながら、おれに匕首を残させた……思い知った新三郎が萎《な》えた。

「なぜだろうとひと晩考げえた」

口調は相変わらずやわらかだ。新三郎は顔が上げられなかった。

「銀次のことでおれが甘くなったと思ってるなら、とんだお門《かど》違いだぜ」

「えっ……」

「あれは閻魔《えんま》様への駄賃だ。ひとつぐれえはひとに喜ばれとかねえと、地獄で言いわけができねえ」

猪之介が新三郎を膝元まで招き寄せた。

「おれの稼業に仏ごころはいらねえ。おめえのむごさがでえじだから、代貸に据えたぜ」

猪之介が薄笑いを浮かべている。新三郎には猪之介の身体が膨らんだように見えた。

「ここまで仕込んだおめえを始末するのは惜しい。ノミと落とし前をつけるなら聞かなかったことにするが、料簡《りょうけん》を聞かせろ」

猪之介に言い逃れは通じない。もともと新三郎は、弐吉を慕《した》って擦《す》り寄ったわけではなかった。

「勘弁してくだせえ。かならずけりをつけてきやす……あっしの首を賭けやすから」

「それを忘れねえことだ」

流しのあくたむし（ゴキブリ）を見るかのような目で、新三郎を部屋から出した。

猪之介が可愛がっている三毛猫は新三郎を嫌っているらしく、代貸が入ってくるとおもてに出て行く。新三郎が部屋から出されたのをどこかで見ていたのか、猫が長火鉢のわきに戻ってきた。

猫に続いて仙六が入ってきた。

「銀次の張りは抜かりなく続けろ」

「がってんで」

「呉服屋の用だろうがなんだろうが、大川を渡り切ったらその場で始末しろ」

新三郎から受け取った匕首を握った仙六が、二度、しっかりとうなずいた。

「上野のノミがはしゃぎ過ぎている。いまは手出しはいらねえが、妙な動きを見せたらすぐに聞かせろ」

指図を受け終えた仙六は、部屋を出てふすまの張り番に戻った。

猪之介の渋い顔を見上げた猫が、ひと息おいて膝に乗った。

九

銀次が奉公に入った千代屋は、日本橋呉服町新道《しんみち》に面していた。蔵まで含めれば三百坪の呉服小売り店で、となりは武鑑《ぶかん》版元の須原《すはら》屋である。

間口十五間（約二七メートル）の千代屋は店売りもするが、大名屋敷から大店や稽古ごとの師匠まで二百十六軒の得意先が商いを支えていた。

呉服にも商いにも素人《しろうと》の銀次だったが、ふた月も経たぬ間に二軒の商家と、踊りの師匠一軒を任された。

当主の千代屋太兵衛が、堀正之介の推挙を受け入れたこともある。が、いかに正之介が推《お》したとしても、人柄と才覚を見極めたうえでなければ得意先を任せたりはしない。

一番番頭の喜作《きさく》が銀次を気に入り、太兵衛に請け合ったことが決め手となった。

千代屋の奉公人は番頭三人に手代が三十六人、それに丁稚《でっち》小僧が六人である。ほかに店と奥向きの用を足す女中が五人いた。

番頭三人は通いだが、手代、小僧はすべて住込みである。奉公人の寝部屋は百畳の商い座敷の真上だ。手代はふすま仕切りの十二畳間に六人ずつが寝起きし、小僧六人には十畳間ひとつがあてがわれていた。

小僧が起きるのは、季節を問わず明け六ツ（午前六時）前である。店の雨戸を開き始めるのが六ツの鐘だ。

銀次はどの小僧よりも早く、七ツ半（午前五時）には起きた。堀正之介道場で暮らしたなかで、身体が早起きを覚え込んでいた。

千代屋に入った翌朝、小僧たちは銀次が起きていたことに驚いた。

「いつまで続くか見てようぜ」

始まりは冷やかし半分だったが、銀次の早起きは変わらない。しかも気持ちのよいあいさつを毎朝くれる。ひと月も経たずに、小僧たちは銀次になついた。

七ツ半から働いている女中はおやすひとりで、他の女中は小僧たち同様に六ツから仕事を始めた。二十二歳のおやすは長く千代屋に仕えたおきみのひとり娘で、母娘二代の住込み奉公である。

おきみの働きぶりを高く買っていた千代屋先代は、おきみ親子には特別に部屋をひとつあてがった。おきみが亡くなり、おやすひとりとなったあとも、現当主太兵衛は与えた部屋はそのままにした。おやすが他の奉公人より半刻も早く仕事を始めるのは、千代屋への恩に報《むく》いる気持ちからである。

「おはようございます」

おやすに声をかけるのが、銀次の一日の始まりだ。蔵のわきに回った銀次は、お仕着せの半身を脱ぎ、木刀の素振りで身体を目覚めさせる。汗を拭ったあとで、ときには台所回りの力仕事を手伝った。

おやすも銀次の手伝いをこだわりなく受け入れた。

大店の女中の多くは、嫁入り前の行儀作法を身につけるために奉公する娘が多かった。十五、六歳から奉公を始め、二十歳前には縁談をまとめて店を辞した。行き遅れと言われかねない歳のおやすをどこに嫁がせるかで、太兵衛も内儀のおしのも気を揉んだ。ところが当のおやすにはまるでその気がないらしく、奉公に身を埋めて満足している。

千代屋には二十代の手代が何人もいるが、おやすは気にもかけないままに通してきた。早朝、銀次の手伝いを受け入れ始めて、おやすの様子が変わりつつあった。

大柄で豊かな肉づきと濃い眉をしたおやすは、色黒ながら、ときには色香に満ちた所作を見せる。

銀次と同い年ながら先輩格の手代、与《よ》ノ助《すけ》はおやすに懸想《けそう》していた。なにかにつけて気を惹《ひ》こうとしたが、おやすは相手にしない。

丁稚から千代屋奉公を続けている与ノ助は、口とは裏腹に大事なところで情のない振舞を見せることがある。それを小僧たちは嫌っていたが、おやすも性根を見抜いているようだった。

銀次は違った。

「白菜にこの漬物石は重過ぎませんか」

「水汲みは任せてください」

「味噌樽の新しいのを運んでおきます」

下ごころなしに、おやすの力仕事に手を貸した。そんな銀次と接して、おやすの目に艶《つや》を含んだ色が浮かび始めていた。

番頭の喜作も銀次を買っていた。

数多くの奉公人を見てきた喜作は、ひとの目が届かない所でも変わらない働きぶりを好ましく思った。素振りを続ける銀次の気構えも高く買った。

千代屋の売場は横長の百畳座敷である。間口は十五間と広く開いているが、真夏の強い陽光でも売場座敷のなかほどまでしか届かない。ゆえに昼間から座敷の方々には雪洞《ぼんぼり》を置いて明かりを補《おぎな》った。

店売りの客がおとずれるのは四ツ（午前十時）過ぎからだ。千代屋では季節を問わず、来客には駿河《するが》の銘茶を出した。湯を沸かす大火鉢が座敷隅に設《しつら》えられており、年嵩《としかさ》の小僧のひとりがつきっきりで釜と炭火の番をした。客に茶を出すのも小僧の役目である。

銀次が奉公を始めた一月初旬は、松がとれて呉服の店売りが賑わい始める時季だった。

この月下旬には御上から倹約のお触れが出されたことで、四十日ほどは客足が遠のいた。が、梅が散り、桜のつぼみが膨らみ始める三月になると、客の入りが戻ってきた。そのころには銀次の手代勤めも三月目《みつき》を迎えていたが、まだひとりで客の応対ができるわけではなかった。

銀次は客あしらいに長《た》けた手代のうしろに控え、客と交わすやり取りを聞いて呉服商いのいろはを学んだ。客の入りがさほどでもなく手隙《てすき》のときは、茶のいれ方を覚えようとして釜番小僧のわきに控えた。ときには小僧と一緒に、雪洞の明かりの世話もした。

茶のいれ方を覚えようとしたり、雪洞の掃除を手伝ったりする手代は、銀次のほかにはいない。

「今朝も銀次さんが、蔵から炭俵を運び出すのを手伝ってくれました」

「納戸《なんど》の戸の不具合を手早く修繕してくれました」

小僧たちは、ことあるごとに番頭の喜作に銀次の行ないのよさを耳に入れた。

「商いの子細にはまだ通じていないところもございますが、人柄は間違いありません。堀じますが」


先生が推されただけのことはございます」

「おまえがそこまで買うのもないことだが」

「久々に仕込み甲斐《がい》を覚えました。月が替わりましたら、おもて回りを始めさせようと存じますが」

太兵衛は番頭の強い進言を受け入れた。

あるじの許しを得た喜作は、寛政元（一七八九）年三月下旬に与ノ助の得意先を銀次に分け与えた。日本橋本船町《ほんふなちょう》の乾物問屋黒崎屋《くろさき》と、炭町《すみちょう》の踊り師匠藤村柳花《ふじむらりゅうか》の二軒である。

さらに手代善吉《ぜんきち》が受け持つ、八丁堀《はっちょうぼり》の料亭たけよしも銀次に任せた。

与ノ助も善吉も、喜作の言いつけ通り銀次に得意先を引き継いだ。

が、与ノ助は含むところを隠し持っていた。おやすが銀次に親しげなのが気に障《さわ》った。

さらにもうひとつ、与ノ助は藤村柳花と深い間柄なのだ。このふたつが重なり、与ノ助は確かな引き継ぎをしなかった。

日本橋黒崎屋の娘が、五月に同じ本船町の魚卸《おろし》大店、魚清《うおせい》の跡取りとの祝言を控えていた。銀次に引き継ぐ二十日前、与ノ助は花嫁と親族一同の婚礼衣装誂《あつら》えを受けた。

黒崎屋の定紋は丸に抱き茗荷《みょうが》である。

「婚礼は商いにかかわる大事ですから、うちの家紋は金糸《きんし》の縫い取りにしてくださいな」

黒崎屋の内儀よし乃《の》は、豪気《ごうぎ》な祝言にしたいと気負っていた。羽織や留め袖《そで》の家紋すべてを、ひと回り大きな金糸刺繍《ししゅう》仕上げにすると口にした。細工に大きな手間と費《つい》えを要する注文だ。

「費えは惜しみませんから、とにかく豪勢に仕上げてくださいね」

言われた与ノ助は、勢い込んで方々の職人をあたった。ところが引き受け手がいない。

「ありがたい話ですが、たったのふた月足らずでは無理です」

「どれも五つ紋となれば、ざっと勘定しただけで百を超える縫い取りじゃないですか。とっても間に合いっこありません」

「幾ら与ノ助さんの頼みと言われても、こればかりは手に負えませんよ」

手間賃をどれだけはずむと言っても、数を聞くと職人が尻込みした。与ノ助は断るしかないと肚を決めて黒崎屋をたずねた。

「どうなの与ノ助さん、紋の縫い取りはうまく運んでいるでしょうね」

「ええ……なんとか……」

「黒崎屋の身代《しんだい》を賭けた祝言ですからね。金糸の五つ紋で相手を驚かせるんだと、うちのも張り切っています。与ノ助さん、くれぐれもお願いしましたよ」

婚礼支度でのぼせ上がったよし乃に、与ノ助は断りが言えなかった。なにも手配りできないままにときが過ぎた。

「清住《きよすみ》の仕立て元締め、根岸《ねぎし》屋さんが金糸の縫い取りを請け負っていますから」

引き継ぎの場で与ノ助が言い切った。

「分かりました。指図書き通りに進めさせてもらいます」

銀次は余計な口を挟まず引き取った。

誂えの途中で手代が替わったことが気がかりらしく、よし乃は家紋の首尾をうるさくたずねた。

「とどこおりなく運んでおります」

銀次は与ノ助から聞いたままを伝えた。

できれば自分の目で進み具合を確かめたい。しかし清住の根岸屋は大川の東側で、小名《おな》木《ぎ》川に架かる万年《まんねん》橋の近くだ。そこをたずねるには、大川を渡ることになる。猪之介に命がけの約束をした銀次は、根岸屋に行くことができない。

胸の奥底には不安を抱えつつも、与ノ助の言葉を頼りにした。

そんなさなかの今日、銀次は黒崎屋の内儀から新しい誂えを受けた。

「婚礼の引き出物をお願いします」

まだ縫い取り紋の進み具合も、定かには摑《つか》めていない。銀次は口が乾いてしまい、礼の言葉がうまくでなかった。

「張り合いのない返事だけど、お任せしても大丈夫ですね？」

支度に追い立てられているのか、よし乃の声が尖《とが》り気味だ。

「ありがとうございます。それでなにかご趣向がございましょうか」

「目先の変わったもので、見映《ば》えがよくて黒崎屋らしいものを誂えてくださいな」

このたびの誂え一式を締めれば、らくに百両を超える大商いだ。重荷に感じつつも、商い高には気がはずんだ。

黒崎屋様らしい引き出物か……。

思案を重ねながら歩いた銀次は、知らぬ間に永代橋の橋番所まで来てしまった。

橋は富岡八幡宮参詣客や職人、担ぎ売りなどの雑多なひとで賑わっている。わけなく渡れる橋だが、銀次には向こう岸が果てしなく遠い。

ここさえ渡れれば、根岸屋さんの運び具合がこの目で確かめられるのに……。

橋の先には佐賀町河岸《がし》の蔵が連なって見えた。根岸屋のある清住は、佐賀町からはわずか五町（約五四〇メートル）の道のりだ。目を凝らせば町並みが見えそうだった。

それほど近くまで来ていながら、しかも大きな気がかりを抱えていながら、銀次は根岸屋をたずねることができない。一歩を踏み出せない苛立ちと折り合いがつけられぬまま、千代屋へ戻り始めた。

霊巌島《れいがんじま》新堀沿いに歩いた銀次は、楓川《もみじがわ》に架かる海賊橋《かいぞく》を渡った。ここから呉服町新道までは一本道だ。

千代屋に近づいても、引き出物の思案が浮かばない。紋の首尾も気がかりだ。帳面と矢立しか入っていない吾妻《あずま》袋が重たかった。

「銀次さんじゃないの」

橋を渡ったたもとでおやすと行き合った。

「なんだか顔が暗いけど、なにかあったの?」

おやすが心配顔で寄ってきた。

「黒崎屋様から新しいお誂えをいただいたんですが、色々なことが気がかりで」

「そうなの……立ち話でよければ、あたしに聞かせて」

「おやすさんはどこへ?」

「奥のご用で霊巌島まで行く途中なの。でも少しぐらいなら平気だから」

銀次を見詰めるおやすの目が、心底から案じてくれている。仲のよかったころのたまえも、同じような目を見せた。

やり場のない不安と苛立ちを抱えている銀次は、おやすの目に促されて口を開いた。

「いま一番の気がかりは、黒崎屋様の縫い取り紋のことです」

「どうしてそれが……銀次さんは、どこの紋屋さんにお願いしたの？」

「手配りしたのは与ノ助さんです。お願い先は清住の根岸屋さんだと言われました」

「銀次さんは忙し過ぎて、まだ根岸屋さんには行ってないということなのかしら」

「それは……」

銀次が口ごもった。おやすの目が先を聞きたがっている。

「どうしたの銀次さん……根岸屋さんに不義理でもしたの？」

「………」

銀次は答えられなかった。なにかを察したのか、おやすはそのうえの問いをしない。しかし真っ正直に銀次を案じている目で見詰められて、銀次はおやすになら話してもいいという気になった。

「あたしは大川を渡れないんです」

堀正之介にしか話していなかったあらましを、銀次は立ち話でおやすに聞かせた。博打で二十両の借金を抱えていると聞いて、おやすからすぐには言葉が出なかった。

それでもやがて気を取り直したかのように、明るい顔を銀次に向けた。

「いまは先を急ぐから長話ができないけど、明日の朝、ゆっくり聞かせてください。わたしなりに、思案もしてみますから」

言い残して海賊橋を駆け上った。おやすが立っていた場所に、淡い残り香が漂っていた。

十

明くる朝。台所に薪《まき》を運び入れる銀次のそばに、おやすのほうから寄ってきた。

「銀次さん、ちょっといい？」

この朝のおやすは、銀次が落ち着かなくなるほど親しげな様子を見せた。

「わたしが根岸屋さんに行ってきます。与ノ助さんを疑うみたいでいやだけど、あちらからなんにも言ってこないのは変でしょう」

おやすが黒い眉根を寄せた。

「試し作りの紋だとか糸の見本だとかを持ってきて、根岸屋さんは確かめたいことがたくさんあるはずだもの」

おやすの言う通りである。銀次の不安もそこにあった。五月までに百を超える紋を縫い取るには、いますぐにも確かめなければならないことが幾つもある。

「おやすさん、ありがとう」

礼を言いながらも、勝手におやすが出かけることに不安が残った。

「そうしてもらえれば助かりますが、清住の往《い》き還《かえ》りには、一刻（二時間）はかかる」

「それはなんとか番頭さんにお願いします」

おやすはしっかり決めた口ぶりだった。

「はかどり具合を、明日の朝には銀次さんにお話しできるようにしてきますから」

おやすの目が銀次を見詰めている。銀次はうろたえたが、おやすは構わずに間合いを詰めてきた。

「黒崎屋様の引き出物のお話も、わたしなりに考えてみました。黒崎屋様て、乾物問屋さんでしょう？」

「そうです」

「銀次さんが仕えた棟梁は、どちらに住んでるのかしら」

「浜町ですが、それがなにか……」

唐突に棟梁の住まいを訊かれて、銀次がいぶかしげな目を見せた。

「わたしの思いつきなんだけど、棟梁にお願いして、鰹節をしまう箱を誂えていただいたらどうでしょうか」

銀次には話がうまく呑み込めない。おやすがさらに一歩、銀次に近寄った。

「鰹節なら黒崎屋さんのご商売物だし、縁起物が納められた箱なら、戴《いただ》いた方も喜ばれると思うんだけど」

「そうか……」

銀次の目に力がこもった。

「やっと呑み込めた」

おやすを連れて土間から出た銀次は、転がっていた枯れ枝で地べたに絵を描いた。銀次のすぐわきにおやすがいた。

「わたしが思案した通りの箱だわ。銀次さんて、絵が上手なのね」

言っているところに、小僧たちの声が聞こえてきた。おやすが銀次から離れた。

「銀次さん、また明日の朝……」

おやすが台所に戻った。きのうと同じ残り香が、銀次のそばで揺らいでいた。

この朝銀次は、店に出てきた喜作に引き出物の思案を聞かせた。

「それは妙案だが、そんな箱百個を四十日の間に拵《こしら》えられるものかねえ」

「お許しをいただければ、浜町の棟梁に掛け合いたいのですが」

「そうか、その手があったか」

喜作が膝を打った。

「浜町ならわけもない、すぐに行きなさい」

許しをもらった銀次は、足を急がせて棟梁をたずねた。

「久しぶりだねえ」

久々に銀次の顔を見た女房が顔を崩した。

「親方は普請場に出たあとだけど、お茶の一杯もおあがりなさいよ」

「棟梁はどちらに？」

「両国橋《りょうごく》の東詰と聞いたけど、銀さん、そこまで追っかける気なの？」

東詰は大川の対岸である。銀次の顔がいきなり陰った。

「普請場に出ておられるなら、帰りは日暮れになりますね」

「どうしたってのよ。急ぎで会いたいわけがありそうじゃないか」

「じつは棟梁に、折り入っての頼みごとを抱えて来たのですが」

「だったら普請場にお行き。橋を渡った左手の、本所藤代町《ふじしろちょう》の料理屋さんだと言ってたからさ。銀さんの足ならわけないよ」

浜町から藤代町までは、大川端を歩いて両国橋を渡れば片道十町（約一キロ）だ。男の足で駆ければ大した道のりではないが、銀次は答えに詰まった。

「ほかにもまだ、わけがあるのかい」

棟梁の女房は察しがいい。銀次は当り障りのない言いわけを思い巡らせた。

「あたしは大川が渡れないんです」

「なによ、それ。わけが分からないよ」

「奉公がうまくいくようにと願掛けしたものですから……」

「あんまり聞かない願掛けじゃないか」

嘘が苦手な銀次は、あとの言葉が出なかった。銀次の目をのぞき込んだ女房は、そのうえの問い質《ただ》しをせず、半纏を着始めた。

「あたしの足だから暇はかかるけど、棟梁を連れて帰るからさ。戻るまでは、ここで待っていいよ」

女房が出かけたあと、銀次は上がり框《かまち》に腰を下ろした。土間には大工道具やノコギリが、きれいに並べられている。

陽が高くなったのか、土間にも春の明かりが差し込んできた。ノコギリが陽を弾き返し、銀次を照らした。顔が暗く沈んでいる。

浜町河岸を流れる入船《いりふね》堀を東南にたどれば、すぐに大川である。穏やかな春風が大川から潮の香りを運んできた。わずかに含まれている甘い香りが春の盛りを告げていた。

深川に暮らしていたころは、大川からの川風の変わりようで季節の移ろいを感じたものだ。千代屋から大川までも大した道のりではないが、潮の香りは届いてこない。

さほど離れていないのに、いまは大川が遠い……それに思い当たり、銀次の顔が沈んでいた。

大川を渡れないことが、これほどきつい縛りになるのか……。

銀次はいまさらながら、身体の芯《しん》から思い知った。

朝から立て続けに、ふたりのおんなに大きな手間をかけさせた。頼みごとでひとをわずらわせるのが、銀次はなにより苦手だ。

大川を渡れないことで、この先何人の助けを借りることになるのか。

手代勤めにかまけて、銀次はおのれがしでかしたことを忘れかけていた。いま、九両三分の蓄えがある。千代屋の給金は年に三両だと言われた。二十両を猪之介に返せるまでには、まだ四年はかかる。

この先四年もひとに頼るのかと思っただけで、銀次は息苦しくなった。明け方おやすと過ごしたときの浮き浮きした心持ちが、いまはかけらも残っていなかった。

かわりに鏝屋《こてや》を思い出した。着の身着のまま逃げ出したあとの、抜け殻のような宿。それを久しく忘れていた。

鰻屋の四人は、いまは生き死にすら分からない。それなのにおれは、堀先生や千代屋さんに助けられて浮かれていた。やらかしたことを忘れかけていた……。

銀次はおのれを責めた。そして肝に銘じた。

二度と鰻屋を忘れない。どこかで運良く出会えたら、蓄えをそっくり渡そう。大川を渡れる日が延びても、詫びが先だ。

こう決めたことで幾らか気持ちが鎮まり、大きな息を吐き出した。

「どうした銀次、顔が暗いぜ」

おのれを責め抜いていた銀次は、棟梁が戻ってきたことに気づかなかった。

「ご無沙汰をいたしておりました」

銀次が顔色を戻した。手代を三月《みつき》続けたことで、すぐさま商い向きの顔がつくれるまでになっていた。

「折り入ってのご相談を抱えてまいった次第ですが、棟梁にもご新造様にも、とんだご迷惑をかけてしまいました」

「おい銀次……そのしゃべり方だけは勘弁してくんねえな。ぐだぐだした前置きはうっちゃっといて、頼みてえやつを聞かしねえ」

久しぶりに聞く職人言葉だ。乱暴だが気持ちはしっかり伝わってくる。

矢立と紙を借りて、黒崎屋の引き出物思案を絵で伝えた。

「さすがはおめえだが、どうせならもうひと工夫できねえか」

「ひと工夫とはどのような」

「てっぺんに鉋《かんな》を裏返しにして載っけりゃあ、箱のなかに削り節が落とせるだろうがよ」

「それはおもしろそうです」

さらに一枚の紙を借りると、棟梁の思案を形に描いた。顔を見合わせているとき、荒い息をしながら女房が戻ってきた。思案に夢中の銀次と棟梁は気づかない。女房はふたりの様子に目を細めて裏に回った。

「ふたつとねえ引き出物になるだろうが、大工仕事じゃできねえ」

「やはり指物《さしもの》になりますか」

「しんぺえねえ。すぐさま職人とこに出向いて、きっちり掛け合ってくるからよ」

女房が茶をいれて顔を出したときには、ふたりともすでにいなかった。

銀次は千代屋への道々、引き出物の思案を重ねた。

削り箱と、水引《みずひき》に包んだ鰹節とを縮緬《ちりめん》の風呂敷に包んで差し上げれは、趣向に富んだ引き出物になる。おやすが言った通り、商売物を活かした見たこともない品だ。

喜作に首尾を伝えたくて、銀次は帰り道を急いだ。

十一

千代屋に戻った銀次は、番頭の喜作に浜町での次第を伝えた。棟梁とふたりで仕上げた削り箱の絵を番頭にも描いた。

「これは大した趣向だ。今日のうちに黒崎屋様にご覧いただきなさい」

「かしこまりました。仕掛かり途中の用を片付けましたら、出向かせていただきます」

台所に回った銀次はおやすを探した。削り箱のもとの思案はおやすだ。うまく進み出したことを聞かせたかった。しかしおやすはいなかった。

「番頭さんのお許しをいただいて、どこかへ出かけられました。銀次さんは知ってるんでしょう？」

小僧の栄吉《えいきち》がわけしり顔を見せた。銀次とおやすが親しげだと、こどもたちは陰で言葉を交わしているらしい。栄吉の顔つきと口ぶりがそれをあらわしていた。

銀次は小僧に取り合わず売場座敷に戻った。

根岸屋さんに行ってくれたんだ……。

銀次は嬉しくなった。おやすがいないのであれば、すぐにでも黒崎屋をたずねたかったが片付けに手間取り、顔を出せたのはひるを過ぎてのことになった。

よし乃に箱の絵を見せながら、趣向の子細を聞かせた。

「樫《かし》の箱であれば、長年お使いいただいても狂いが生じません。お嬢様が末永く、みじんもぶれずに添い遂げられますようにとの願いも込められております」

棟梁が樫材の普請を施主に売り込む折りの口上である。銀次は引き出物用に手直ししてよし乃に伝えた。

「箱に載せます鉋は、浜町の棟梁が道具屋と掛け合いまして、使い込んでも切れ味の変わらないものを吟味《ぎんみ》します。先々の研《と》ぎも道具屋が引き受けることを記した、書付をつけさせていただきます」

このあと銀次は、千代屋から持参した縮緬の風呂敷を見せた。

「削り箱と、水引で夫婦《めおと》結びにした鰹節ふた節を、この縮緬風呂敷に包んで調《ととの》えさせていただきます」

「よくご思案いただいたようですね」

「ありがとうございます。いまのものでよろしければ、一式ひと包みを一分で納めさせていただきます。百個のお誂えですと、締めて二十五両のお勘定でございます」

「費えはそれで結構です」

二十五両あれば、五軒の四人家族が裏店で一年は暮らせるカネだ。それをよし乃はあっさり呑んだが、顔は喜んではいなかった。

「費えは気にしませんが、その引き出物はほんとうに間に合うでしょうね」

「棟梁としっかり掛け合ってまいりました。ご心配いただくことはございませんが」

「銀次さんはいつも心配ないとおっしゃるけど、縫い取り紋も大丈夫でしょうね？」

内儀の声が微妙に尖っている。銀次が居住まいを正して向き直った。

「ご内儀様には、なにか気がかりでもございましょうか」

「与ノ助さんがわざわざ顔を出されたんですもの、もちろん気になりますよ」

「与ノ助が、でございますか」

「銀次さん、それもご存知ないの？」

よし乃があからさまに口元を歪めた。

「今朝がた、前触れもなしに見えました」

与ノ助が顔を出したのは五ツ半（午前九時）だった。銀次が棟梁の女房相手に話していたころである。顔見知りの与ノ助が顔を出したことで、よし乃は奥の用を止めて応じた。

「銀次はまだ手代勤めに不慣れなところもございますので、なにか粗相《そそう》をしていないかと案じたものですから」

「お気遣いはありがたいですが、銀次さんにはよくしていただいていますよ。縫い取り紋も、とどこおりなく運んでいるそうです」

「じつはそのことなんですが……」

声を潜《ひそ》めた与ノ助がよし乃ににじり寄った。

「いまだに銀次の手元には、仕上がり見本が届いておりません」

「なんですって」

よし乃の顔つきが変わった。

「紋が進んでいないということなの」

「それは定かではございません」

与ノ助がぺろりと唇を嘗《な》めた。

「本来であれば、てまえが銀次を問い詰めれば済む話ですが、なにぶんにも黒崎屋様のことは引き継ぎ済みですので、あれこれ口を挟むことができません」

「それならわたしが問い質します」

「まことにご面倒とは存じますが、そうしていただければてまえも安心できますので」

与ノ助は責めをすっかり銀次になすりつけて帰った。

縫い取り紋がなにより気になるよし乃は、引き出物云々《うんぬん》には身が入らず、銀次の話が終わるや否《いな》や、すぐさま詰問しはじめた。

「いつになったら、縫い取り紋の見本を見せていただけるんですか」

「…………」

「まだ見せてもらっていないと聞いて、与ノ助さんも大層心配して帰りました。ほんとうに首尾よく進んでいるのでしょうね」

「ご心配をおかけいたしまして、申しわけございません。ただいまうちの者が、下職《したしよく》先に出向いておりますので」

「銀次さんが出向かれずに、他人《ひと》まかせにしているということですか」

「いいえ、滅相《めつそう》もございません」

「それなら、なぜあなたがいらっしゃらないの。あなたがその目で確かめてこられないような仕事ぶりだから、与ノ助さんが心配して顔を出されたんじゃないですか」

話しているうちに、よし乃はさらに気を昂らせた。

「わるいけど銀次さん、あなたの口だけでは安心できません。ここ両日のうちに、紋の仕上がり見本を届けてください」

銀次は返事ができない。

「もし両日を過ぎても届かなければ、うちのと一緒に千代屋さんに出向きます」

よし乃は銀次の返事も聞かずに座を立った。客の怒りはもっともである。銀次は肩を落として黒崎屋を出た。

千代屋には右手に折れて日本橋を渡り、大通りを三町（約三二〇メートル）も歩けば帰り着く。しかし気持ちがざらついた銀次は、左に折れて江戸橋に向かった。

河岸は朝の賑わいが消えて、ほとんどの魚卸が店の雨戸を閉じている。風がなく、柳の枝がだらりと垂れ下がったままだ。

なぜ与ノ助さんは、わざわざ黒崎屋様を煽《あお》り立てるようなことをしたんだろう……。

与ノ助とは格別仲がわるいわけではない、と銀次は思っている。寝起きする部屋も違うし、夕餉をともに食べるわけでもない。陰でいやなことを言われた覚えもなかった。

いくら考えを巡らせても、銀次には答えが見つからない。とにかく千代屋に戻り、与ノ助に問い質すしかなかった。

両日のうちに見本を届けなければ、黒崎屋が押しかけてくる。これはすぐにでも喜作の耳に入れなければいけないことだ。

江戸橋を渡った銀次は、青物《あおもの》町の辻を右に曲がって足を速めた。

「ただいま黒崎屋様から戻ってまいりました」

あいさつを受ける喜作の様子が険しい。銀次は胸騒ぎを覚えた。

「あとについて来なさい」

引き立てられるようにして、銀次は奥に入った。

帳場を抜けて檜《ひのき》の廊下を進んだ先が、千代屋の奥である。住まいは熊野《くまの》の杉をふんだんに使った二階家で、あるじの居室からは三十坪の庭が見下ろせる造りだ。太兵衛は一階にも十六畳の客間を構えていた。上得意先との応対や番頭と商いの話を詰める部屋であり、喜作が銀次を連れて入ったのもその客間だった。

太兵衛は床の間を背にして座っていた。あるじの左側には銀次の見知らぬ男が座を取っており、与ノ助とおやすがその男と向かい合わせに座っていた。

十二

「そこに座りなさい」

太兵衛の口調が厳しい。銀次はあるじの前で背筋を伸ばして正座した。

「こちらは根岸屋九郎吉《くろきち》さんだ」

銀次が根岸屋と初めて目を合わせた。

「いま細かに話を聞かせてもらったが、どうにも合点がいかない。おまえは今朝、九郎吉さんのところにおやすを使いに出したのか」

銀次は口ごもりながらも、その通りですと返事をした。

「わたしにも喜作にも断りなしに奉公人を使いに出すなど、そんな勝手が許されると思っているのか。しかもおやすは、あろうことか喜作に嘘までついて出かけている」

口を開こうとしたおやすが、太兵衛の目を見て思いとどまった。

「勝手をしたことは、いまは詮議《せんぎ》をしない。わたしに合点がいかないのは、黒崎屋様の金糸縫い取り紋のことだ。九郎吉さんと与ノ助の話だと、とても間に合わせることはできないと断られたそうじゃないか」

銀次は飛び上がりそうになった。驚いて与ノ助と根岸屋九郎吉の顔を交互に見た。ふたりとも、銀次を見ようともしない。

「黒崎屋様を引き継ぐ折りには、縫い取り紋のことだけが気がかりだったと、与ノ助は言っている」

与ノ助は九郎吉と銀次の三人で紋にかかわる掛け合いをやった。仕上げる紋の数を聞いた根岸屋は、とても間に合わせられないと、その場で断った。

それを聞いた銀次は、昔の職人仲間に心当たりがあると大見得《おおみえ》を切った。真に受けた根岸屋と与ノ助は安心していたが、今朝、おやすが突然たずねてきた。紋の進み具合をたずねられた根岸屋は、おやすを連れて駆けつけた。

これが根岸屋と与ノ助が太兵衛に聞かせた話である。

ことごとくが嘘だった。

銀次は九郎吉とは会ったこともない。わけが分からないまま口を閉じていると、喜作が取り成すように話しかけてきた。

「おまえが黒崎屋様のお守《もり》に懸命なのは、あたしにも充分に伝わっている。だがねえ銀次、いまも旦那様が話された通り、紋のことはおまえが手配りしますと言い切ったそうじゃないか。九郎吉さんも与ノ助も、間違いなくそう聞いたそうだ」

こどもに言い聞かせるような話し方だ。やさしい口調だが、銀次に口を差し挟ませない強さもある。

「おやすを九郎吉さんのところへ使いに出したのは、おまえができると請負った職人の都合がつかなくなったからなのか」

銀次には答えようがなかった。なぜだかは分からないが、九郎吉と与ノ助とが示し合わせて嘘をついているのは明らかだった。

しかしそれをこの場で暴《あば》き立てれば、根岸屋たちの話を受け止めた太兵衛と喜作の面目《めんもく》を潰してしまう。それにおやすを勝手に外に出したのは、銀次の落ち度だ。

「おまえのほうの職人は、都合がつかなかったということか」

太兵衛が重ねて問い質した。

手配りなど、もともとない話だ。銀次は答えられぬまま、太兵衛に目を合わせた。銀次と太兵衛の目が絡み合った。

おやすは与ノ助を睨みつけていた。与ノ助は臆するところもなく、知らぬ顔を決め込んでいる。部屋の気配が重く沈んでいた。

銀次から目を外した太兵衛が、咳払いをひとつしてから九郎吉を見た。

「手間賃に限りはつけません。何とか引き受けていただけませんか」

問われた九郎吉が考え込んだ。与ノ助は根岸屋に横目を使っていた。が、太兵衛に睨みつけられると慌《あわ》てて目を伏せた。

「千代屋の暖簾《のれん》にかかわることです。なんとしても仕上げていただきたい」

重ねての太兵衛の頼みに、九郎吉はもったいをつけた所作のあとで口を開いた。

「分かりました。引き受けましょう」

口ぶりも身体も反《そ》り返っていた。

「しかし百五の縫い取り紋をこなすには、それ相応の人手がいります。腕のよい職人を手当てしたあとは、それこそ夜鍋続きの追い込みとなります」

太兵衛はうなずくことをしないまま、九郎吉を見ている。根岸屋が膝をもぞもぞと動かした。

「手間賃は紋ひとつで一分、都合二十六両一分となります。よろしいでしょうな」

算盤も使わずに、九郎吉が手間賃の締めを口にした。相場の六倍近いべらぼうな手間賃だが、太兵衛は呑んだ。

「手間代は結構ですから、明日の八ツ（午後二時）には見本を届けてください」

有無を言わさぬ指図である。根岸屋が渋い顔でうなずいた。

「ではこれで落着だ」

えっ……と拍子抜けしたような声を与ノ助が漏らした。目が不満げだが太兵衛は取り合わなかった。

「根岸屋さんをお見送りしなさい」

指図された与ノ助が、九郎吉を伴って立ち上がった。

「わたしが聞き漏らしたのかも知れないが、銀次が与ノ助と一緒にうかがったのは、清住でしたかな」

ふすまに与ノ助が手をかけたとき、思い出したように太兵衛が問いかけた。いきなり問われて与ノ助はうろたえたが、根岸屋はすぐに表情を戻した。

「その通りです。与ノ助さんと一緒にお会いしたのは清住です」

太兵衛が得心顔になった。与ノ助たちと一緒に喜作とおやすも下がり、銀次ひとりが残された。

銀次は顔を伏せたまま黙っていた。太兵衛も口を閉じて銀次を見ていたが、手を打っておやすを呼ぶと、ふたつの茶を言いつけた。

「わたしを見なさい」

銀次が顔を上げた。

「嘘ほどひとをむしばむものはない。どんなに言い繕《つくろ》ったとしても、かならずほころびが出るものだ」

さきほどまでとは口調がまるで違っていた。

「ひとつでも嘘が知れたときには、その者を見る目が違ってしまう。しくじりは取り返せるが、嘘はだめだ」

口を閉じた太兵衛が銀次を見詰めた。銀次も目を逸《そ》らさずに受け止めた。

「お茶を持ってまいりました」

おやすの声がした。太兵衛の許しを得て静かにふすまが開かれた。ふたりに茶を出して下がろうとしたおやすを、太兵衛が呼び止めた。銀次のとなりにおやすを座らせてから、ふたたび銀次を見た。

「おまえが千代屋の奉公を始めてから今日まで、陰でおやすの力仕事を手伝っていることは、わたしも知っている。毎朝、蔵のわきで素振りを続けていることも聞いた」

茶にひと口つけた太兵衛は、銀次にも飲めと手で示した。銀次の手が湯呑みに伸びると、太兵衛はおやすに目を移した。

「銀次の助けになればと思っての振舞だろうが、嘘はいけない」

「申しわけございません」

「おまえが根岸屋さんをたずねたことで、うちの商いに傷をつけずに済んだ」

太兵衛が湯呑みを膝元に置いた。おやすを見る目が強くなった。

「さりとてだ……たとえ千代屋のためを思ってしたことでも、嘘から始めたことをわたしは喜びはしない。こども時分からおまえを見てきたが、おまえに嘘は似合わないぞ」

顔を伏せたおやすの手の甲に、幾粒ものなみだがこぼれた。銀次がふところの手拭いを手渡した。

「根岸屋さんと与ノ助との話には、幾つか腑《ふ》に落ちないことがある。そこに偽《いつわ》りがあれば、遠からず明らかになるはずだ」

湯呑みを置いた太兵衛の手が膝に戻った。

「銀次」

「はい」

「朝のひととき、ふたりで話すことに遠慮はいらない。明日からも、変わりなくおやすを手伝ってあげなさい」

銀次が畳にひたいを擦りつけた。その顔を太兵衛が上げさせた。

「喜作から聞いたが、引き出物の趣向は見事だ。もとの思案はおやすから出たそうだが、黒崎屋様の商いのことにもよく行き届いている。箱のお納めに粗相をせぬよう、充分に気を配りなさい」

すでに陽が落ちていた。座敷を弥生《やよい》の夕闇が包み始めている。薄暗いなかで、太兵衛はまた旨《うま》そうに茶を啜《すす》った。

十三

梅雨もまだなのに、昼間は真夏の暑さがあった。しかし陽が落ちたあとの肌寒さが、五月初旬であることを思い出させた。

二十本の百目蠟燭《ろうそく》が賭場を照らしている。明かりが届かない隅には、客を睨《ね》め回す新三郎の目があった。

博打の熱に浮かされているのか、だれもが薄い汗を浮かべている。そんななかにひとりだけ、醒めた顔つきの男がいた。新三郎の目が止まった。

「なかほどのお店者は見かけねえつらだが、だれの客でえ」

賭場の隅に詰めている弥助《やすけ》に、新三郎が小声で質した。

「春先から根岸屋が連れてきてやす、千代屋てえ呉服屋の手代でさあ。代貸の気に障りやしたか？」

男の素性を聞いて新三郎の目が暗く光った。

「野郎はここで浮かってんのか」

口調が粘りを帯びている。客をなぶり始める前触れだ。

「一分、二分の小金遊びでやすから、てえした浮き沈みじゃありやせん」

「回しは？」

「回されても、根岸屋は責めを負えねえてえやした」

「あの男らしい言いぐさじゃねえか」

「くれぐれも回しは勘弁してくれと、念押しされてやす。手代の野郎が醒めたつらで座ってるのも、駒をすっちまったからなんで」

「どんだけ負けてる」

「半刻（一時間）かけて、たったの一分てえせこい沈みでさあ」

「たかが一分でも、手代には大金だ」

新三郎が、獲物にとびかかる猫のように目を細くした。

「五両回して、そっくり沈めろ。巻き上げ終わったら連れてこい」

言い残した新三郎は奥に入った。すぐさま弥助が手代のそばに膝をついた。

「代貸が五両の駒を回しやす。好きなだけお遊びくだせえ」

耳打ちされたのは与ノ助である。これで五度目の賭場だが、回しを言われたのは初めてだった。

「てまえには、とってもそんな大金は遣えませんから」

「代貸がいいてえんだ、しっかり受かって小遣いを稼いでくんなせえ」

駒番を呼び寄せた弥助は、五枚の一両札を持ってこさせた。樫で拵《こしら》えた札には、一両の文字が焼印されている。それが五枚、与ノ助の膝元に重ねられた。

弥助は断る暇も与えず、五両を置いて場を離れた。与ノ助が負けたのは一枚一朱の杉札《すぎ》である。樫の一両札は手にしたこともなかった。持ってみると固くて重たい。この札四枚で与ノ助一年分の給金である。

そんな値打ちの札が、盆の上で無造作にやり取りされていた。与ノ助は札を手にしたまま、となりを見た。賭場の客は互いに素性は明かさない。が、着ている結城《ゆうき》やキセルを見ただけで、大尽《だいじん》であることが見て取れた。

その客は一度の壺に樫札を積み重ねて賭けている。ざっと数えても十枚はありそうだ。それが盆を行き来していた。

二度立て続けに客が勝った。膝元に樫札の山が築かれた。与ノ助の顔に朱が差した。

「今夜の旦那はばかづきだ。縁起にあやかりてえぐれえでさあ」

壺振りの世辞に、一分札の心付けで客が応《こた》えた。樫札を握った与ノ助は、上気した顔でやり取りを見ていた。樫札を二十枚かぞえた客が、新しい勝負に出た。

出方《でかた》(盆の差配)の目配せを受けて、壺振りが右手に二個のサイコロ、左手に壺を持った。

「入ります」

乾いた声を発した壺振りは、胸元で壺にサイコロを投げ入れた。カラカラと音を立てて、壺のなかでサイコロが転がっている。客の目が壺に集まった。

「うむっ……」

気合声とともに、壺が盆に伏せられた。

「さあさあ、賭けてくだせえ。どっちもどっちも、どちらもどっちも……」

盆の左右に座った助け出方《す》が、調子をつけて賭けを煽《あお》り始めた。盆の真ん中には黒い線が端から端まで引かれている。壺振りに近い手前が丁、線の向こうが半である。二十枚の樫札を手にした客が、そっくり丁に賭けた。

「丁に二十両がへえりやした。半はないか、半にどうぞ」

出方の誘い声を聞いても、客は丁半のどちらに賭けるかをためらっていた。

「そろそろツキも変わるころだろうよ」

与ノ助の向かい側に座った根岸屋が、五両を半に賭けた。それがきっかけとなり、多くが半に乗った。客のほとんどが賭け終わったのを見定めて、出方が両手を大きく開いた。

「盆中手止《ぼんちゅうてど》まり、駒を数えさせていただきやす」

出方の指図を受けて、左右の助け出方が丁半に賭けられた駒札を数えた。

「丁と七両、駒が揃いやせん」

右に座った助け出方が、丁の不足を差配に伝えた。

「どなたか丁に、あと七両乗ってくだせえ」

壺振りの正面に座っている客が、樫札二枚を丁に張った。

「丁に二両へえりやした、この上《み》で丁と五両」

まだ五両足りないが、二十両を丁に張った大尽はそのうえ賭ける素振りを見せない。札を握った与ノ助に出方が笑いかけた。

「お客さん、どうされやした。思い切って旦那のツキに乗りやせんか」

与ノ助は迷い始めていた。握ったのが一両小判なら、賭けなど考えもしなかっただろう。いま手にしているのは、ただの樫板である。一両と焼印されてはいても、小判のような値打ちは伝わってこなかった。

しかもいきなり回された札だ。手に入れるのに汗ひとつ流していない。となりの大尽は顔色も変えず、すでに二十枚を場に出していた。

「どうされやした、お客さん」

出方がせっついた。ほかの客も与ノ助が賭けるのをじりじり待っている顔つきだ。念押ししたのに賭場が駒を回したことが気に入らないのか、とりわけ根岸屋の顔がきつい。

それを見て与ノ助の気持ちがざらついた。

賭場に連れて来ながら、負けたのを見ても手を貸してくれないじゃないか……。

与ノ助は盆を見た。丁はとなりのツキ旦那と壺振り正面の客のふたりで、根岸屋は半に賭けている。

これで勝てば、まばたきする間に二年分の給金が稼げるし、不人情な根岸屋への意趣返しにもなる……。

「駒の不足は五両でさあ。乗るか流すか、はっきり決めてくだせえ」

出方の声が尖っていた。客の目が与ノ助に集まっている。となりの大尽が、誘い込むような笑いを見せた。

足りない五両を与ノ助が埋めた。

「これで丁半、駒が揃いやした」

出方が壺振りに向かってうなずいた。

「勝負」

気合のこもった声のあと、壺振りが静かに壺をどけた。

「五二《ぐに》の半」

出方が半の勝ちを告げた。根岸屋がにやりと笑った。

縫い取り紋では与ノ助の企《たくら》みに乗ったが、性根を信じてではない。ゆえに賭場の回しはきっぱりと断っていた。

まんまと五両を巻き上げられたさまを見て、あわれむよりも、さげすむ気が先に起きたようだ。

トンボが伸びてきて、与ノ助の前から樫札を掻き集めた。血の気がひいた与ノ助は目が虚《うつ》ろだ。賭場が仕掛けるまでもなく、場の成り行きで与ノ助が潰れた。

十四

「つらあ貸してくんねえ」

がらりと口調を変えた弥助が、与ノ助を連れ出した。

新三郎は手下の中でもとりわけ形相のわるい、蛙《かわず》の伝吉《でんきち》を呼び寄せていた。顔の方々にイボがあるのが売りで、えげつない取り立てと脅しが得手だ。

弥助に引かれて歩く与ノ助の前に、伝吉がぬっと顔を出した。与ノ助が立ち竦《すく》んだ。

「代貸が待っていなさるぜ」

伝吉はひどい口の臭いを嗅《か》がせて、さらに相手の気を乱れさせる。与ノ助から分別《ふんべつ》が吹き飛んだ。

「こちらへお座んなさい」

新三郎が役者顔で与ノ助を招き寄せた。与ノ助を押し込んだ伝吉が、うしろを固めた。

「今夜は運がなかったようですねえ」

嫌らしいほどにやさしい新三郎の口調が、与ノ助の怯《おび》えを募らせた。うしろには伝吉がいる。明るい賭場では気づかなかった凄みが、部屋の隅にまで充《み》ちていた。

「九郎吉さんの連れで呉服屋の手代さんだと聞きましたが、あんたの名前は？」

黙っていたら背後の伝吉が凄んだ。

「日本橋千代屋の手代、与ノ助と申します」

無理やり素性を言わされた与ノ助が、肩を落として溜め息をついた。

「怯えているようだが、手荒な真似をするわけじゃありません。もっとも、貸したゼニを返していただけないと面倒になりますがね」

やわらかな口調が、なおさら与ノ助を竦み上がらせた。

「お借りしました五両は、かならずお返しいたしますから」

「それを聞いて安心しました」

新三郎が赤い唇に舌を這《は》わせた。

「だがねえ与ノ助さん、手代さんに五両はきついカネだ。あてがあってのことですか」

「それは……根岸屋さんが……」

縫い取り紋の割戻しが五両あると、つっかえながら吐き出した。

「なんでまた根岸屋が、あんたに五両もの割戻しをするんだよ。そんな話を真に受けるほうがどうかしてるぜ」

代貸の口調が変わっている。話を信じ込ませるために、与ノ助は銀次をひっかけた次第を聞かせた。ただし銀次の名は伏せた。

「間抜けな手代がいるもんだ」

新三郎が鼻先で言った。

「それで五両は根岸屋から手にへえったとして、利息はどうするよ」

「なんのことでございましょう」

「うちらの貸し金は、十日で一割が決めだ。そんなことも知らねえってか」

うしろの伝吉が息巻くと、新三郎が薄笑いを見せた。

「手代のあんたには、十日ごとに二分の利息は払えねえだろうよ。伝吉をつけるから、根岸屋とつるんだみてえなゼニの種を思案しろ」

穏やかだった新三郎の凄みを目《ま》の当たりにして、与ノ助の口が呆《ほう》けたように開かれた。

「おめえと根岸屋とに虚仮《こけ》にされた手代てえのは、どんな野郎でえ」

「大工のくせに手代の真似ごとを始めた、銀次という男です」

新三郎が目の尖りを消した。

「おめえの口ぶりだとその男を嫌ってる様子だが、わけでもあるのか？」

新三郎の煽《あお》りで、与ノ助が背筋を伸ばした。

「大切なお得意様を、無理やり引き継ぎさせられました。さき様もてまえでなければと言っているのに、銀次に任せる番頭さんの料簡《りようけん》が分かりません」

得意先とは藤村柳花のことだ。助かりたい一心の与ノ助は、千代屋の商い具合まで洗いざらい吐き出した。

銀次への手出しは猪之介からきつく止められていたが、話の所々で新三郎の目が光を帯びた。伝吉も、与ノ助の背中越しにうなずき返した。

「あんたの話を聞いて、ひとつ思い出したことがある」

新三郎が与ノ助を手招きした。

「その銀次という男は、ここに入りびたっていた男だ」

「そんなことが……」

「あいつは仲間の職人を引き込んで、賭場からかすりをもらった下司《げす》だ。銀次のせいで、夜逃げしたのもいると聞いたぜ。あんたも寝首をかかれねえように気をつけろ」

与ノ助が身を乗り出してきた。

「銀次を痛めつけてゼニになる話なら手を貸すぜ。種ができたら伝吉にそう言いな」

いつの間にか伝吉が与ノ助のとなりにいた。

「あと半刻で木戸が閉まる。早くけえらねえと、お店をしくじるんじゃねえか」

与ノ助が慌てた。番頭には根岸屋との掛け合いだと偽って出てきていた。

「今夜はここまでだ。伝吉をつけるから、けえり道のしんぺえはいらねえ」

与ノ助が安堵《あんど》の吐息を漏らした。

「安心してるみてえだが間違《ちげ》えるなよ」

「…………」

「おめえに貸したのは賭場のゼニだ。埒《らち》もねえ話だけじゃあ、いつまでもは待たねえぜ」

脅しを利かせたあと、伝吉をつけて千代屋に帰した。一刻を過ぎて伝吉が戻ってきた。

「千代屋の手代だったのか」

「間違えありやせん。なかの小僧が野郎を迎え入れるまで見届けやした」

新三郎が満足げにうなずいた。

「おもしろいカネづるになりそうだな」

ふたりは賭場に戻らず、明け方まで話を続けていた。

同じころ、猪之介は仙六の話を聞いていた。

「伝吉が男について日本橋まで出かけて行きやした」

日本橋と聞いて猪之介の顔が動いた。

「その男がへえったのが千代屋なんで」

猪之介はあの夜から新三郎を信用していない。賭場の仕切りは任せてあるが、何人もの目をいつも張りつけていた。

「代貸が手代を釣りにかかりやした」

弥助が伝えてきたあと、猪之介は仙六を飛ばした。

新しい客を釣り上げて剝《は》ぎ取るのは、賭場の尋常なしのぎだ。しかし猪之介の勘働きが、仙六を張り番に出した。案の定、千代屋に手出しを始めている。

「銀次も絡んでるのか」

「いまのところは分かりやせん。ですが親分、千代屋の手代と分かったら、いきなり代貸が釣りにかかったと弥助が言いやした」

銀次には構うなと新三郎には命じてある。今夜のことは、それに逆らう振舞だった。

「この先はおめえが新三郎を張ってろ」

「がってんで」

「上野のノミは新三郎とは切れてるのか」

「へえ……上野の代貸で、野鼠《のねずみ》の与一《よいち》てえのを親分は知ってやすか」

「会ったことはねえが、でけえ図体でチョロチョロ動く奴だろう。それがどうした」

「伝吉にときどき繋《つな》ぎをつけてやすぜ」

「蛙と鼠の逢引《あいびき》か」

猪之介の目から荒々しい光が出始めた。これを見ると仙六は落ち着かなくなる。

「新三郎から目を離すなよ」

「銀次はどうすりゃいいんで」

「ゼニができりゃあけえしに来る。逃げるような男じゃねえ」

猪之介が猪口《ちょこ》を干した。

新三郎は猪之介が手塩にかけて育てた代貸だ。それを自分の手で潰すには、納得できるわけがいる。公家の弐吉といまだに通じているのは、猪之介には好都合だった。

身内を潰す思案を巡らせる猪之介が、長火鉢の前でぶつぶつとつぶやいている。気味がわるくても仙六は動けなかった。

十五

寛政元年は六月初旬に梅雨がきた。

朝から小止《や》みなく降り続く雨のなか、千代屋太兵衛は小僧を供に佐久間町をおとずれた。

堀正之介の好物アジの干物を太兵衛が、灘《なだ》の下り酒角樽は小僧が提《さ》げている。あるじが包みを持つなど有り得ないことだが、雨降りで小僧の手が塞がっていた。それに正之介の好物は太兵衛が自分の手で持ちたかったのだ。

「ごめんください」

小僧の声で顔を出した門弟は、太兵衛を見知っていた。正之介に取り次いだあと、すぐさま太兵衛を居室に案内した。供の小僧は道場の隅に残された。

正之介の居室は季節を問わず、縁側の障子戸が開け放たれている。雨粒を弾く庭木の青葉が、濡れ縁の先に見えた。

「銀次の初仕事となった祝言の納めも、つつがなく運んだと善吉から聞かされたが」

互いのあいさつを終えると、正之介はすぐに銀次の次第を問うた。太兵衛が笑顔で応えた。黒崎屋の縫い取り紋、引き出物ともに無事に納めが済んでいた。

「先生のお好みの品ふたつを持参いたしました。どうぞお納めください」

「おお……干物に下り酒か」

堀正之介はてらいも見せず、干物と酒を受け取った。

「折り入っての相談でそなたが見えると聞いたが、遠慮は無用だ」

「ありがとう存じます。じつはてまえどもの商いと人遣いのことで、先生のお知恵を拝借いたしたく存じまして……」

「わしに商い向きの知恵があるとも思えぬが、そなたの好きに話されるがいい」

太兵衛が膝を揃え直した。

千代屋の手代は総勢三十六人。このうち十六人が店売りを担《にな》い、銀次を含む二十人で得意先二百十六軒を受け持っている。

店売りは手代ひとり月百両の商いであり、外回りはひとり当たりにならして、月に四百両の売上げがあった。

一年の商い高はおよそ十一万五千両。駿河町の越後《えちご》屋にはかなわなかったが、千代屋も江戸では名の通った呉服屋である。

外回り手代では、繁蔵《しげぞう》、善吉、茂助《もすけ》、与ノ助の四人が際立った商いをあげた。なかでも楓川河岸の細川越中守《ほそかわえっちゅうのかみ》下屋敷と、小網《こあみ》町の安藤長門守《あんどうながとのかみ》下屋敷を得意先に持つ繁蔵が、ここ数年は稼ぎ頭《がしら》である。

茂助は手代のなかでは最年長の四十三歳である。

「てまえは外回りが性に合っております。おこころ遣いはありがたく頂戴《ちょうだい》いたしますが、なにとぞこのまま手代におとどめ置きください」

太兵衛と喜作がどれほど番頭就任を促しても、茂助は固辞するだけだ。そこまで言うなら仕方がないと、いまでは太兵衛も好きにさせており、茂助は寒暑をいとわず魚河岸の得意先回りに励んでいる。

善吉、与ノ助、銀次の三人は奇《く》しくも二十八の同い年だ。しかし手代としての器量は、小僧から育てられた与ノ助に一日《いちじつ》の長がある。太兵衛も何かと与ノ助に目をかけてきた。

色白で上背のある与ノ助は、いかにも呉服屋手代の容姿である。出入り先商家の娘は、晴れ着の誂《あつら》えは与ノ助さんにと口を揃えた。

与ノ助が所帯を構えたら、手代がしらに据えるというのが、太兵衛の腹積もりだった。しかしこのところは、与ノ助の振舞を異なった目で見ていた。

「先生は与ノ助をどのように見ておられましたのでしょうか」

大店の当主ならではの、芯を外さぬ直截《ちょくせつ》な問いかけである。問われた堀正之介は深い息を吐いたのちに口を開いた。

「忌憚《きたん》なく申せば、あれは才知で身を滅ぼすたぐいだ。戦《いくさ》で命を託す気にはなれぬな」

きつい見立てを言い切った。

与ノ助は手代に取り立てられたあと、堀道場で半年読み書き算盤の腕を磨いた。正之介の教えをだれよりも早く呑み込み、それを用いる知恵も豊かだった。

しかし学びの遅い者をさげすむ卑しさが見え隠れすることで、正之介は幾度も厳しく叱責した。

「それにもうひとつ、与ノ助には人を嫉《ねた》む悪癖がある。ひとつ間違えると千代屋に害をなすやも知れぬが、気がかりでもあるのか」

「ございます」

太兵衛が短く、はっきりと答えた。

「問いに問いで返すようで申しわけございませんが、いまひとつだけ、先におたずねしたいことがございます」

正之介が先を促した。

「銀次の振舞に、腑に落ちないことがございます」

「…………」

「てまえや喜作に断りもせず、下女のおやすを清住の下職に差し向けました。銀次の気性からしましても、尋常なこととは思えません。てまえの知らないわけでも、銀次にございますのでしょうか」

「下職は清住にいるのか」

「さようでございます」

「子細に聞かせてくれ」

正之介らしくない、鋭い声の問いだった。

与ノ助が銀次に黒崎屋を引き継いだことから始めた太兵衛は、銀次が心当たりの職人を手配りすると言ったこと、根岸屋におやすを差し向けたこと、九郎吉がその日のうちにたずねてきたことまでを余さず伝えた。

正之介は目を閉じて黙り込んだ。考えを巡らせるときの所作である。目が開かれたときには太兵衛が膝を後退《あとずさ》りさせたほどの、剣客の眼光を帯びていた。

「与ノ助の申したことは偽りだ。銀次は根岸屋に行ってはおらん。いや、行けるわけがないがゆえに、おやすを差し向けるしかなかったのだ」

正之介は、銀次が猪之介と交わした約定《やくじょう》を聞かせた。

「そなたの前で、与ノ助の偽りを暴き立てずにいたのは、いかにも銀次らしいの」

「なにゆえ銀次は黙り通しましたので」

「そなたの面目を守ろうとしたがゆえだ」

「やはりそうでしたか」

思い当たった太兵衛が黙り込んだ。

梅雨空に晴れ間が出たのか、庭が明るくなった。太兵衛が正之介に目を戻した。

「与ノ助は折りを見て問い質しましたあとで、暇を出します」

「偽りでひとを貶《おとし》めたとあっては、それがよろしい」

「先生は与ノ助が害をなすかも知れないと申されました」

「その通りだ」

「たとえばどのようなことをお考えでございましょうか」

正之介がふたたび目を閉じたが、すぐに見開かれた。

「与ノ助には知恵がある。その知恵とだれかの腕力とが合わされば、面倒が起きる」

「腕力とは……言葉通りのことで？」

「ごろつきのような、法度《はっと》破りをしてのける手合いだ。与ノ助からは、目を離さぬことが肝要だぞ」

太兵衛が深くうなずいたとき、ふたりの真ん中に天井から雨粒が落ちてきた。

「雨が上がったというのにのう」

正之介が苦笑いした。

「銀次がいなくなってから、道場の雨漏りが手に負えぬわ」

正之介と太兵衛がうなずき合った。話が銀次のことに移った。

「そなたの話から察するに、銀次とおやすは好きあっているようだの」

正之介の目元がゆるんでいる。

「銀次は毎朝こども衆《し》よりも早起きして、素振りを続けているようでございます」

正之介の目がますますゆるくなった。

「そののち水汲みや薪運びなどの、力仕事を手伝っております」

「ふたりが力を合わせておるわけか」

うなずく太兵衛にも笑みがあった。

太兵衛は毎朝ふたりで語り合うことを許した。銀次とおやすであれば、間違いを起こすはずがないと見極めたがゆえである。

「胸のつかえが取れました。与ノ助には充分に目を配ります」

「手に負えぬことが出来《しゅったい》したときには申されよ。力は惜しまぬ」

また雨粒が畳に落ちた。

「いわば与ノ助がこの雨粒だ。気を抜けば、天井を伝い落ちて畳を汚す」

正之介のたとえを太兵衛が受け止めた。

「さりとて千代屋の屋根に隙がなければ、案ずることはない。そなたには銀次がいる。あれは腕のよい大工だ」

「まことに……まことに先生の言われる通りでございます」

太兵衛が大きな音を立てて膝を打った。さらにひと粒、ぽとりと落ちた。

十六

梅雨寒《ざむ》が台所に居座っていた。夜明けは早くなったが、雲にさえぎられた朝の明るさは頼りない。

素振りを終えた銀次は、この日入り用分の薪を置き場から台所へと運び込んだ。

千代屋の薪は、土蔵わきに野積みになっていた。梅雨入り前に、銀次は半日仕事で薪の山に屋根を造作した。小僧たちが目をまん丸にして手伝った。

「おはよう銀次さん、また雨なのね」

台所の奥から、おやすが声をかけてきた。

「すぐに白湯《さゆ》をいれるから」

おやすがかまどに火を入れ、大鍋に水を汲み入れる。太兵衛の許しが得られて以来、銀次とおやすには早朝の語らいが楽しみだった。

「わたし、梅雨がきらいなの」

この朝話し始めたおやすの声は、いつもの明るい調子とは違っていた。

おやすは六歳になった安永《あんえい》二（一七七三）年から、母親おきみとともに千代屋で住込み奉公を始めた。

母親おきみの在所は品川徒歩新宿《しながわかちしんじゆく》の漁村である。おきみは明和《めいわ》三（一七六六）年、十六の秋に、越前小浜《えちぜんおばま》の網元から添え状をもらって品川村に出ていた漁師の貞吉《さだきち》と恋仲になった。おきみの父親磯吉《いそきち》も漁師だが、すでに五十に手が届く歳だった。

貞吉の腕を見込んだ父親はふたりの仲を許し、形ばかりの祝言のあとで家に迎えた。磯吉と貞吉は同じ舟で漁に出始めた。

三人暮らしを始めて二年後の明和五（一七六八）年に、おやすが授かった。

おきみの母親ひろは、おきみが十二の年に病死しており、漁休みの日は磯吉が初孫おやすの面倒をみた。

貞吉は潮灼《や》けした大柄な男で、小浜でも漁師だった。貞吉は義父から品川ならではの穴《あな》子《ご》漁を教わった。漁の腕に長《た》けていた貞吉はわずかな間にコツを体得し、おやすが生まれたころには浜一番の穴子漁師だと仲間が認めていた。

おやすが六歳の安永二年はいつまでも梅雨が明けず、ぐずついた空にはだれもが飽き飽きしていた。ところが六月下旬の夕暮れどきに、西空があかね色に染まった。

長雨に焦《じ》れていた網元は、漁師を集めて出漁を急《せ》きたてた。

「天の気が変わらねえうちに、しっかり獲《と》ってくるんだ。貞吉、あてにしてるぜ」

貞吉は出漁に気乗りがしなかった。夕暮れの雲が気に入らなかったのだが、網元に名指しをされたら退《ひ》くにも退けない。

「久しぶりで、穴子も腹をへらしてらあね」

軽口をきいて仲間の意気を盛り上げた。家に戻り、おきみに漁の夜食を調《ととの》えさせた。

「おれも出るぜ」

磯吉も連れ立って舟に向かった。

湊《みなと》ではすでに漁火《いさりび》が灯《とも》されて、網元の触れを待っていた。

「景気づけに、おめえが触れを出しな」

網元に言われた貞吉は、下腹に力をためて目一杯に声を張り上げた。

「獲り過ぎて舟を沈めんじゃないよ」

「戻ってきたら朝から一本つけるからさ」

女房連中が口々に亭主の尻を叩いた。女房だけではなく、こどもたちも見送った。

異変は明け方の海で起きた。

どす黒い雨雲が東の空に湧き上がった。昇り始めた朝日が雲に隠され、山背《やませ》風のような強風が吹き始めた。

高さ二丈《じょう》（約六メートル）の荒波が舟に襲いかかり、山背が帆柱をへし折った。漁船はなにもできぬまま、八杯すべてが荒海に呑み込まれた。

「おれがあれだけ止めたのに、貞吉が無理やり漁に出やがった」

網元は責めを貞吉になすりつけた。貞吉が出漁の触れを発したのを聞いた女房たちも、おきみを責めた。気性の激しい浜の女は、おきみが悲しみにひたることすら許さなかった。

「おとむらいのときも、まだ梅雨が明けてなかったの。わたしはまだ六つだったけど、だれも遊んでくれなくなった……」

おやすの目が遠くを見ていた。

話を聞きながら、銀次もこども時分のつらい出来事を思い出した。銀次が一緒に遊んでいた、かめ吉《きち》一家が夜逃げした翌朝をだ。

「博打のツケが溜まったんだってさ」

「おせんさんとかめちゃんが、かわいそう過ぎるじゃないか」

洗い物をする女房たちが小声を交わしているとき、凄まじい形相をした数人の渡世人が長屋の木戸から押し入ってきた。

亭主が仕事に出たあとの長屋には、おんなとこどもしか残っていない。遠巻きにして見守るなかで、連中はかめ吉一家の障子戸を蹴破り、土間のかまどを叩き壊した。

長らく忘れていたことを、おやすの話で思い出した。鏝屋《こてや》一家を夜逃げに追い込んだことも思い出した。

「どうしたの、銀次さん？」

問われても、銀次はまだ鏝屋の話はできなかった。

「なんでもない……それより続きを聞かせてくれ」

銀次にはこれしか言えなかった。大鍋が沸き立っている。

「わたしとおっかさんは、茂助さんの口利きでここに奉公できたの」

かまどの火加減に気を払いながら、おやすが続きを話し始めた。

茂助の在所はおきみと同じ品川村である。父親と連れ合いを亡くしたおきみは、こどもを連れて幼馴染みの茂助をたずねた。

顚末《てんまつ》を聞いた茂助は喜作に相談した。

「台所の女中を桂庵《けいあん》（口入れ屋）に頼もうとしていたところだ」

喜作はおきみの人柄を見定めたうえで、住込み女中としての雇い入れを先代に申し出た。先代はあらためておきみの口から身の上を聞き取ったあとで雇った。半年の働きぶりを気に入った先代は、親子に台所わきの八畳間を与えた。

おきみはさらに仕事に精を出して恩に報いた。六歳のおやすにも台所回りの仕事を教え込んだ。

愚痴《ぐち》ひとつこぼさず、おきみは働き通した。二十三でやもめになったおきみは、三十路《みそじ》を迎えたときには白髪が混じっていた。

先代が亡くなった翌年の天明四（一七八四）年、雇い入れてくれたひとに殉《じゅん》ずるかのように、おきみは心ノ臓に発作を起こして急死した。享年三十四、おやすが十七歳の春である。

後を継いでいた太兵衛は、おきみのとむらいを千代屋で出した。

「おきみも在所には戻りたくないだろう」

墓も千代屋菩提《ぼだい》寺の片隅に建てた。さらに茂助を品川徒歩新宿に遣《や》り、貞吉、磯吉、おきみの母ひろの骨を持ち帰らせて、おきみと同じ墓に納めさせた。

納骨を済ませた夜、太兵衛と妻のおしのがおやすを座敷に呼んだ。

「身寄りをすべて亡くしてつらいだろうが、このままうちで奉公を続けなさい。おまえを千代屋から嫁に出して、おきみの苦労に報《むく》いてやろうじゃないか」

おやすに異存のあるはずもない。

その夜からおやすは、いままで以上に千代屋の奉公に身を入れた。

「おとっつあんが死んだのは、いまの銀次さんと同い年だったのよ」

銀次を見るおやすの目が濡れていた。

「わたしのなかのおとっつあんは、それからひとつも歳をとっていないから……銀次さんがどんなふうに歳をとってゆくのか、ずっと見ていたいわ」

雨が小止みになったようだ。雲が薄くなったらしく、台所に淡い朝の明かりが差してきた。

銀次は黙ったままだった。

おやすから真っ正直な気持ちを聞かされた。しかし銀次は、まだひとを好きになったりできる身分ではないと思っている。おやすを好ましく思えば思うほど、夜逃げした鏝屋の出来ごとに責められた。

十七

銀次とおやすが語り合っていた朝、猪之介は膝に猫を抱いて庭を見詰めていた。

猪之介が銀次を買い始めたきっかけは猫だった。

すでに銀次が取り立てに追われていた、天明七年十一月。猪之介は新三郎の賭場にいた。日暮れてはいたが賭場が盛るにはまだ早く、猪之介は新三郎相手に酒をやっていた。

「銀次がゼニをけえしにきてやすが……」

若い者が新三郎に告げた。新三郎の口元がいやらしく歪んだ。

「ちょいと場を外しやす」

部屋を出る新三郎の顔に薄笑いが浮かんでいた。幾らも間をおかず、裏口から新三郎の罵《のの》り声が聞こえてきた。

猪之介は気にもとめずに盃を重ねていた。しかし際限のない新三郎の脅し声に、うんざりして腰を上げた。

「小粒ふたつじゃ利息にもなりゃしねえ」

抜き身の匕首を銀次の前で揺らした。

「ゼニがねえなら、棟梁の宿にでも押し込んだらどうでえ」

「なんてえことを言いやがる」

気色ばむ銀次の前で、新三郎が唇を嘗めた。相手をなぶるときのくせである。

「おめえにそんな口がきけるのかよ」

匕首を銀次の顔に近づけた。

「棟梁てえぐれえなら、十や二十のカネを宿に置いてあるだろうがよ」

「…………」

「それとも棟梁は、てめえとおんなじで尻《ケツ》に火のついた文無しか」

新三郎はおのれが吐く悪口に酔っているようだ。目が細くなっており、唇が不気味に赤い。まむしのような舌が何度も唇を嘗めた。

銀次は棟梁を罵《ののし》られたことで、怒りが沸き立ったようだ。しかし新三郎の煽りに乗ることもできず、燃立つ目で睨みつけていた。

そのとき一匹の野良猫が、ふたりの間によろけ出た。餌を食べていないらしく、脇腹の骨が浮いて見えた。

やっと歩けているような猫なのに、新三郎の放つ気配に毛を逆立てた。

唇をひと嘗めした新三郎は、笑いを浮かべて猫をしたたかに蹴飛ばした。痩《や》せた猫は蹴りをかわすことができず、裏木戸に叩きつけられた。

猫は鳴き声もあげず動かなくなった。

「この野郎、生きものになんてえことをしやがんでえ」

銀次が身構えた。匕首を右手に持ち替えた新三郎が腰を落とした。

「てめえを始末するにはお誂《あつら》えだぜ」

新三郎の匕首が左右に揺れる。銀次が半纏を脱ぎ捨てた。じりじりと新三郎が間合いを詰めて行く。動かない猫を踏まないように気遣いつつ、銀次は木戸に背中をくっつけた。

匕首の揺れが激しくなった。

そのとき……。

「新三郎」

猪之介の声で新三郎の動きが止まった。

「道具をしまうんだ」

猪之介が新三郎を怒鳴《どな》りつけた。

猪之介は猫が好きだ。飼い主に媚《こ》びず、獣の匂いが濃く残っているところに惹《ひ》かれた。

新三郎も猪之介の猫好きは知っている。

おれの見てねえところでは、猫にあんなことをしやがる……。

ふたりの振舞を見届けた猪之介は、その夜から新三郎にざらりとした心持ちを抱き始めた。それとは逆に、正味の銀次を見たとも思った。

庭の池で鯉が跳ねた。背中の毛を撫でながら、猪之介は三十年も昔のことを思い返した。

宝暦《ほうれき》十（一七六〇）年、当時二十七歳だった猪之介は、平野町《ひらのちょう》で閻魔《えんま》の徳兵衛《とくべえ》一家の代貸を務めていた。全身に閻魔の彫り物がある徳兵衛だが、そのときすでに六十七の高齢で、賭場の仕切りから組の目配りまでを猪之介に任せ切っていた。

猪之介はひとつ年下の銀次郎《ぎんじろう》を手元に置き、賭場の盆を預けた。

「おめえなら、千両箱を目の前に置いても案じなくて済むぜ」

一本気で、カネへの卑しさがかけらもない銀次郎の気性を猪之介は高く買った。

「あにいのためなら、火んなかでも飛び込みやすぜ」

裏切った相手を素手で殺《あや》める荒さのかたわらで、おのれの手で猫の鰹節を削《けず》る猪之介を、銀次郎は心底から慕っていた。

宝暦十年は、九月からほとんど雨が降らなかった。しかも冬のおとずれが早く、木枯らしが十月初めから吹き渡り、町はカラカラに乾いていた。

賭場は秋のとば口からさびれ始めた。乾いた江戸に火事が頻発《ひんぱつ》したことと、九月に将軍宣下した第十代家治《いえはる》が、矢継ぎ早に締め付け策を布《し》いたからだ。

「おれは熱海《あたみ》に引っ込む。あとは組も賭場も、おめえが好きにしな」

めっきり客足が減った十月の初め、徳兵衛は三百両の隠居金を受け取って江戸を離れた。

「焦《あせ》ってもしゃあねえ。月（ツキ）が替わるまでは、おめえたちも遊んできな」

達磨の猪之介襲名の祝儀として、十六人の手下に十両ずつの小遣いを渡した。

「十一月にはけえってきやすから」

手下は大喜びで方々に散った。賭場に残ったのは、猪之介と銀次郎のふたりである。賄《まかな》いには、煮売り屋の女房が朝晩通った。

その女房が火の始末を確かめずに帰ったことで、十月十七日の深夜に火事を出した。同時に飛び起きた猪之介と銀次郎は、駒札と貸し金証文、銭函《ぜにばこ》だけを抱えて飛び出した。

「猫を置いてけぼりにした」

火の手を前にして猪之介がぼそりとこぼした。猪之介の飼い猫は、二日前に三匹の子猫を生んでいた。尋常なときの猫なら、ひとより早く火から逃げただろう。しかしいまは産後で、子猫のそばから離れていないはずだ。

すでに賭場のあちこちから炎が出ている。むごいとは思ったが、助けようがなかった。

「おれが行きやす」

「やめろ、とっても無理だ」

猪之介の止める手を振り切り、銀次郎は火のなかに飛び込んだ。あにいのためなら火んなかでも飛び込みやすぜ……は、口先だけではなかった。

銀次郎も猫も助からなかった。

銀次も銀次郎もありふれた名だ。しかし猪之介のなかでは、野良猫をいたぶった新三郎に立ち向かった銀次が、猫を助けに飛び込んだ銀次郎に重なるのだ。

池の鯉がまた跳ねた。

ぴくりと尾を立てた猫の背を撫でる、猪之介の目がやわらかだ。気持ちがよいのか、尾をおろして猫が喉《のど》を鳴らした。

弐

一

七月に入ると晴れ間が増えたものの、まだ梅雨は明けていなかった。

この時季の呉服屋は商いが細くなる。千代屋外回りの手代は、だれもが誂《あつら》えをもらえず苦労した。なかでも与ノ助は、商いのほかにも難儀を抱えて苦しんでいた。

与ノ助は賭場で苦し紛《まぎ》れに、藤村柳花とのかかわりを漏らした。その挙句、新三郎と柳花とを引き合わせる羽目に陥《おちい》った。

「おんなと美味《おい》しいことをしてえなら、借金けえしてからだろう」

新三郎の口ぶりが、べったりとした粘りを帯びていた。わきの伝吉が臭い息を吐き出すなかで、与ノ助は散々に脅《おど》かされた。

「おれを柳花さんとやらの宿に連れていきな。あんたの相手と話がしてえ」

「それだけはご勘弁を願います」

「できねえな」

「ですが新三郎さん、柳花様はお会いにならないと思いますが」

「いやならいいぜ。会う相手が千代屋の旦那に変わるだけだ」

与ノ助には、柳花と引き合わせるほかに手立てがなかった。

細面《ほそおもて》で口元が小さく、丸くて形のよい尻が着物越しにも伝わってくる柳花は、与ノ助より三歳年上だ。

深川で名を売った芸妓《げいぎ》だったが、尾張町《おわりちょう》の錺《かざり》問屋丸高《まるたか》屋清兵衛《せいべえ》が五年前に身請《みう》けした。ところが清兵衛は寄合のあと、京橋《きょうばし》のたもとで堀に落ちて溺《おぼ》れ死んだ。柳花とは、わずかひと月足らずの縁だった。

世間体《てい》をはばかった丸高屋は、柳花に五十両の縁切り金と妾宅《しょうたく》を与えてかかわりを絶った。

清兵衛にさほどの想いもなかった柳花は、あっさりと縁切り話を呑んだ。受け取った五十両で妾宅に手を加えて、踊りの稽古場を普請《ふしん》した。そして藤村柳花を名乗り、藤村流師匠として弟子を取った。

与ノ助が柳花を初めてたずねたのは、三年前の初秋である。黒崎屋の娘すみが柳花の弟子であったことから、新造のよし乃が柳花に顔つなぎした。

「黒崎屋さんがお引き合わせなさる手代さんなら、さぞかしお出来になるんでしょうね」

柳花が与ノ助に流し目をくれた。与ノ助の二の腕に鳥肌が立ったほどに艶《つや》があった。

呉服屋には踊りの師匠は大得意先である。与ノ助は出入りがかなった翌日から、稽古場に足繁く顔を出した。柳花も上背があって様子のいい与ノ助を気に入ったらしく、さほど日をおかずに御召《おめし》の誂えを言いつけた。

与ノ助が深々とあたまを下げた稽古場には、弟子の姿はなかった。

「寸法は奥ではかってくださいな」

「ありがとう存じます。それでは早速に」

与ノ助が持ち歩く包みには、寸法を控える帳面に矢立と、鯨尺《くじらじゃく》の巻尺が入っている。先に立って歩く柳花の尻に見とれた与ノ助は、音を立てずに生唾を呑み込んだ。

九月に入っていたものの暑さが残っていたことで、柳花はひとえを着ていた。

「ここでよろしいかしら」

八畳間の真ん中に立った柳花は、与ノ助の思いを見透《みす》かしたかのように丸い尻を向けた。

前に回った与ノ助は、裄丈《ゆきたけ》を取ろうとして巻尺を胸元にあてた。薄手のひとえ越しに、尖った乳首が感じられた。与ノ助の手元が震えたとき、柳花は身体を軽く押しつけた。与ノ助の息遣《づか》いが荒くなった。

巻尺が腰に回された。目の前に立つ柳花から、雌《めす》になったおんなが放つ隠微《いんび》な香りが立っている。与ノ助は巻尺を持つ手で柳花の尻を撫でた。

柳花は与ノ助のあたまを押さえると、ひとえの前に押しつけた。巻尺を落とした与ノ助が、柳花の裾《すそ》を割った。

その日から与ノ助は、ときを遣《や》り繰《く》りしては肌を重ねてきた。しかし銀次に引き継がれてからは、逢瀬《おうせ》が難しくなっている。

このところ柳花は新しい誂えを出しておらず、銀次の足が遠ざかっていた。与ノ助は、稽古仕舞いの七ツ（午後四時）を待ちかねるようにして顔を出した。

六ツ（午後六時）の鐘までの一刻（二時間）、ふたりは互いを貪《むさぼ》りあった。

いま肌を離したばかりの柳花が、襦袢《じゅばん》の前を合わせている。まだ潤《うるお》いを残した茂みに手を這《は》わせながら、与ノ助は新三郎とのいきさつを話し始めた。

「気が滅入る話だけど、会ってもらわないとお店《たな》に押しかけると言うんだ」

与ノ助がわざと気弱な声を作った。

「あんたもばかかねえ。五両ぐらいのことなら、あたしが払ってあげたのに」

柳花の細長くて冷たい指で撫でられて、与ノ助がまた固くした。潤いをまさぐっていた与ノ助の手が、柳花の襦袢を押し開けた。

翌日、与ノ助は新三郎を連れて七ツに柳花をたずねたが、折り悪《あ》しく稽古が延びていた。待っている間、新三郎はひとことも与ノ助に話しかけず、雨に濡れる庭のいちじくを見詰めていた。

「ごめんなさいね、お待たせして」

艶を含んだ声が重たい気配を吹き払った。柳花の着ている淡い桃色の縮緬《ちりめん》が、部屋を一気に明るくした。

稽古がきつかったのか、胸元をわずかに開《はだ》けていた。新三郎の目がとどまっている。柳花も気づいた様子だったが、直そうともせず新三郎の好きにさせた。

「与ノ助さん、こちらがお噂の新三郎さんなのかしら」

答えようとした与ノ助を新三郎が抑えた。

「猪之介一家の代貸で、新三郎でやす」

見得を切る歌舞伎役者のような口調だった。柳花も科《しな》を作って受け止めた。

ふたりの様子を見て、与ノ助は落ち着かなくなった。

「こちらの新三郎さんに、五両をお返ししてくれ」

目一杯にぞんざいな物言いを柳花に投げたら、新三郎が鼻先で笑った。柳花の手前、与ノ助も新三郎を睨み返した。が、相手の細い目を見て顔を逸《そ》らせた。

「与ノ助さんはそちらに、五両の借金があるそうですねえ」

「五両じゃありやせん」

「利息のことかしら」

新三郎が目だけでうなずいた。柳花と新三郎の目が、与ノ助をそっちのけにしてもつれ合った。

「たいそうな利息だそうだけど、五両できれいにならないんですか」

問い質《ただ》す柳花の口調に甘えが含まれていた。部屋に入ってきたときから、柳花は与ノ助をないがしろにしている。新三郎も同じだった。

「あっしらは、相手次第でどうにでも変わりやす。与ノ助じゃあゼニがけえるとは思えねえが、あんたが尻《ケツ》を拭くてえなら、話のしようもありやすぜ」

「それは話が違う」

ふたりの様子に気が立ったのか、与ノ助が話に割り込んだ。

「元金の五両は根岸屋さんから取り立てできると、あんたがそう言ったじゃないか」

「根岸屋の五両は、おめえが九郎吉に貸したゼニかよ？」

「それは……」

「おめえにかすめ取られるのが惜《お》しくなった根岸屋が、五両のからくりをぺろりと唄《うた》ったらどうなるんでえ」

「そんなことをしたら、根岸屋だってお出入りを差し止められるぞ」

「あいつは賭場に入りびたりのワルだ。素直に五両を払うたまじゃねえ」

「…………」

「おめえがまだ手にもしてねえゼニを、けえすのどうのとほざくんじゃねえ」

新三郎に芯《しん》から凄まれて、与ノ助は口が乾いて舌が動かなくなった。

雨音を通して六ツの鐘が聞こえてきた。

「与ノ助さん、あれは六ツよ」

「えっ……もうそんなに……」

「あとのことは新三郎さんと掛け合います。あなたはお店におかえんなさい」

柳花が乾いた声で与ノ助に言った。与ノ助が渋った。

「博打《ばくち》に懲《こ》りるためにも、しばらくはここにも来ずに、お店勤めに励んでくださいな」

「なんてことを言うんだ」

思いも寄らない言葉を聞いて、与ノ助が柳花に詰め寄った。伸ばしかけた手を、新三郎が押さえつけた。

「相手はいやがってるぜ」

「あんたに言われる筋合いはない」

「おれじゃねえ。柳花さんの目がそう言ってるじゃねえか」

柳花は与ノ助を見ようともしなかった。

「愛想尽かしをされたら、借金をけえしてくれるひとがいなくなる。そうなりゃあすぐにも、伝吉がお店に飛ぶぜ」

手代を引きずり寄せた新三郎は、耳元で因果を含めた。与ノ助に勝ち目はなかった。

与ノ助が帰ったあと、柳花と新三郎が差し向かいで座っていた。

おんなが膝を崩した。

新三郎の目が、横座りになった相手の身体を嘗《な》め廻している。腰のあたりから上に移り、はだけたままの胸元で止まった。柳花の顔に朱が差した。

裏に棲《す》む男が放つ香りに、粋筋《いきすじ》を生きてきた血が誘い寄せられている。新三郎が柳花の手を引いて抱き寄せた。耳元で何かささやくと、おんなが目で指し示した。

柳花を抱え上げた新三郎が、ふすまを足で開けた。寝屋から聞こえ始めた荒い息に合わせて、風鈴がちりんと潤んだ音《ね》を響かせた。

二

長かった梅雨が明けると真夏がきた。

降り続く雨のうっとうしさが消えたことで、千代屋の外回り手代にも活気が戻った。七夕の朝餉《あさげ》の場で、与ノ助が銀次のそばに寄ってきた。

根岸屋の一件以来、銀次は商い向きのほかは与ノ助と口をきいていない。ありもしない話をぺらぺら話せる与ノ助が、銀次には信じられなかったからだ。

「柳花様が、今日の八ツ（午後二時）に来て欲しいとのことです」

与ノ助は銀次の目も見ずに言った。

「ご用向きでもあるのでしょうか」

「新しいお誂えだと思います」

「でもなぜ与ノ助さんがそれを」

与ノ助は問いに答えず、膳を片付けに立った。いやな心持ちが残ったものの、朝から揉めたくない銀次はあとを追わなかった。

炭町の柳花宅までは、日本橋大路を一本道で行ける。道のりはさほどでもないが、梅雨明けの夏陽が銀次に食らいついた。

わずか一町（約一一〇メートル）を歩いただけで、ひたいに汗が浮いた。さりとて暑を逃げて商家の軒先を借りるのは、手代になったいまでもできない。

暑さ寒さを相手にせず、股引腹掛《ももひきはらがけ》姿で仕事をするのが、職人の見栄である。銀次はいまでも大工職人の意地を胸のうちに秘めていた。

しかし尋常な暑さではなかった。銀次は南大工町《みなみだいくちょう》の辻で、冷水売《ひやみず》りから一椀の冷や水を買った。

「お店者《たなもの》にしちゃあ、えれえ勢いの飲みっぷりじゃねえか」

「冷えてて旨《うま》いからね」

「気に入ったよ、その言いぐさが。四文だが二文でいいや」

冷水売りが日灼《や》け顔を崩した。

「あっしのほうが、おめえさんの言い分を買ったよ。幾らあるかは分からねえが祝儀だぜ」

紙入れの銭をひと摑《つか》み、親爺に手渡した。いきなりの職人言葉に冷水売りは面食らった。銀次はすでに歩き出している。

「にいさん、ありがとよ」

手拭いで汗を拭いながら、親爺が威勢のよい礼を言った。

炭町は南大工町からおよそ三町だ。久しぶりの職人言葉で気が晴れた銀次は、暑さをすっ飛ばして柳花宅をおとずれた。

稽古休みの柳花は、浴衣《ゆかた》に紅帯のくつろいだ身なりで銀次を迎えた。部屋の障子《しょうじ》が開け放たれている。風はなく、板塀で撥《は》ね返された陽がまともに差し込んだ。

「お暑いなかをお世話さま」

「とんでもございません。お誂えをいただけますそうで、ありがとう存じます」

「暑いんですから、そんな律儀《りちぎ》なことを言わずに膝を崩してくださいな。あたしも楽にさせてもらいますね」

膝を崩した柳花が襟《えり》元に手をやり、浴衣の合わせ目をはだけさせた。銀次は柳花の科《しな》には構わず、用向きをたずねた。

柳花がつかの間、鼻白んだ顔になったがすぐに表情を戻した。

「銀次さんにはここまで、なにひとつ誂えを言えてなくて、ごめんなさいね」

「てまえこそ、こちら様への足を遠くしておりまして申しわけございません」

「ほんとうに銀次さんは、律儀な方ですね」

銀次がぎこちない笑みを返した。

「ずいぶん待たせてしまったけど、やっとまとまった数の誂えをお願いできますから」

柳花が胸元に手をあてた。浴衣から伽羅《きやら》の香りが漂い出ていた。

柳花の弟子のほとんどは、尾張町や日本橋の大店《おおだな》の娘である。弟子たちは師匠として身を立てる気など更々なく、稽古場での息抜きと、おしゃべりがしたいだけだった。

柳花も充分にわきまえており、遊びの話に重きをおいた。稽古を終えると干菓子《ひ》と茶を調《とと》えて、深川当時の男女の話を小出しにした。年頃の娘たちは柳花の話を待ちこがれた。

「十一月に、揃いの遊び着を新調して中村《なかむら》座の芝居見物に行く話がまとまりましたの」

「左様でございますか」

弟子は二十六人だと聞かされた。みなが誂えるとなれば、それなりの大商いである。銀次の返事が弾んだ。

「小紋《こもん》で揃えようと思っています」

柳花が弟子たちとのやり取りを話し始めた。

小紋の地味作りにしましょうとの柳花の思案には、弟子のほとんどが口を尖らせた。

「そんな……もっと派手なものがいいわ」

「そのかわり半襟に趣向を凝らせば、地味なだけに小紋が引き立ちます。あなたがたも周りの人目を惹《ひ》きたいでしょう？」

娘たちは、調子を揃えてうなずいた。

「地味と派手とをうまく取り合わせるのが、着こなしのコツです。あなたがた二十六人が揃いの小紋で中村座に行けば、江戸中の評判になりますから」

だれもが柳花の着こなしに憧《あこが》れていた。取り合わせがコツだと言われたあとでは、異を言い立てる者はいなかった……これが銀次に聞かせた話のあらましである。

「銀次さんなら、十月晦日《みそか》までに二十七枚を誂えてくださいますわよね」

仕立ての数が多すぎて、銀次はすぐに答えられなかった。

蔵の反物は諳《そら》んじていた。丹後《たんご》絹の小紋なら十五疋《ひき》は揃う。色味は渋めだが小紋の出来が図抜けており、店でも評判の反物だった。

襦袢、半襟もすべてを揃いで新調すれば、ひとり二両は下らない。二十七人なら五十両を超える大きな商いだ。

「うけたまわりました。明日にでも反物を持参いたします」

「ぜひそうしてください。わたしのほうも、うるさ方のお弟子を呼んでおきますから、今日と同じ八ツに来てくれますか」

「かしこまりました」

銀次が深々とあたまを下げた。

「御代《おだい》は、お納めどきにお支払いさせていただきますから」

「えっ……」

得意先の払いは、盆暮れ年二回の節季《せっき》払いが定めである。納めと引き替えということは、ひと月も早く払いが受けられるわけだ。

「大店の娘さんばかりですから、銀次さんも遠慮なくいただきなさいよ」

柳花が崩した口調で笑いかけた。

「それでね銀次さん、ひとつだけお願いがあるの」

「なんでございましょう」

「大事なお弟子さんのお誂えですから、仕立ては深川のころからお願いしている、馴染《なじ》みの職人さんに頼みたいの」

無理な注文ではないが、銀次がその場で答えられる話ではない。

「番頭に伝えまして、明日ご返事させていただきます」

「結構ですが、かならずお願いしますね」

「うけたまわりました」

もう一度深々とあたまを下げて炭町を出た。

千代屋に戻った銀次は、喜作にことの次第を伝えて指図を仰いだ。

「ありがたいお話じゃないか」

梅雨明け初の大商いに、喜作の顔がほころんだ。

「お納めと引き替えのお支払いとは、願ってもないお誂えだ。早速に旦那様のお耳に入れるから待っていなさい」

喜作は帳場から腰を上げて奥に向かった。

十五間間口の店先に、強い陽が差し込んできた。七ツが近いというのに、西日が通りを焦《こ》がしている。向かいの河内屋《かわち》では、小僧が打ち水を始めた。

「銀次、奥に来なさい」

喜作が奥の座敷に連れて入った。太兵衛が団扇《うちわ》を手にして待っていた。

「黒崎屋様に続けて、また大きな商いをいただいたようだね」

濃紺の紋絽《もんろ》を着た太兵衛が、銀次にねぎらいの言葉をかけた。それだけの用だったが、手代があるじから直々のねぎらいをもらうのは稀《まれ》だ。

喜作と連れ立って帳場に下がる銀次の顔が上気していた。

「仕立て職人のことは、柳花様のご注文通りでいいとのお許しをいただいた」

「ありがとうございます。しくじりをしないように、念入りに心配りをいたします」

「ただねえ銀次……蔵の丹後小紋は、少し地味過ぎやしないかね」

反物には喜作に異存がありそうだった。

「遊び着をお召しになるお弟子さんたちは、奥のお嬢様と同じ年頃じゃないのか」

「蔵の反物の色味は渋めですが、地と小紋との色合いがこれまでにない取り合わせです」

「それはあたしも見て分かっている」

「地味な小紋と鮮やかな半襟との取り合わせで着こなされれば、若い方だけに大層見映《ば》えがすると思いますが」

柳花の受け売りだったが、喜作も思案顔になった。

「わずか半年の間に、おまえも大した目利きができるようになったじゃないか」

「ありがとうございます。ですが番頭さん、いまのは柳花様が言われたことです」

「正直にそんなことを言うのが、いかにもおまえだ」

喜作がおのれに言い聞かせるように、何度もうなずいた。

さすがの陽も和《やわ》らいだのか、小僧たちが長い影を土間に落としている。

「こども衆《し》」

番頭に呼ばれて満吉《まんきち》が飛んできた。

「二番蔵の丹後小紋を勘定してきなさい」

「分かりました」

「数え終わったら、一疋を銀次のところに持っておいで」

小僧が蔵へと駆け出した。

「反物を気に入っていただけたら、次の日にでも茂助と一緒に寸法を頂戴《ちょうだい》しなさい」

「かしこまりました」

藤村柳花からもらった誂えが、千代屋のなかで動き始めた。


同じころ、猪之介は宿にいた。

庭の障子を開け放ち、路地を抜けてくる夕風を肴《さかな》に手酌《てじゃく》の盃を重ねている。思案顔なのは、仙六から聞いた話の謎解きをしているからだ。

このところ毎日、八ツを過ぎると佐賀町から猪牙《ちょき》舟で新三郎が出かけるというのだ。舟で追っては、勘の鋭い新三郎にばれる。仙六は佐賀町からの行き先が摑めていなかった。

船頭を脅して聞き出すことも考えたが、新三郎に聞こえると厄介《やっかい》だ。

「代貸は賭場が盛りだす五ツ（午後八時）には戻ってきやす」

「そのあとは出ねえのか」

「へい……夜明けまでそのままでやす」

猪之介に思い当たることはなかった。

最初はノミとのことを疑った。しかし弐吉のところに埋めてある耳に訊《き》いても、疑わしい動きはない。

仙六も猪牙舟は大川を上るわけではなく、向こう岸に漕《こ》ぎ渡るという。

ノミとつるんでの企《たくら》みでなけりゃあ、なぜなにも言ってこねえ……。

この謎が解けなかった。それでも勘働きが、新三郎はなにか企んでいると知らせていた。

思案の定まった猪之介は、女房のおきちと仙六とを呼びつけた。

「明日までに六十六部《ろくじゆうろくぶ》のなりを用意して、仙六を化けさせろ」

おきちが呆《あき》れ顔で猪之介を見た。

「仙六、おめえは六部になって、新三郎をつけるんだ」

いきなりの指図には慣れている仙六だが、巡礼に化けろと言われて言葉をなくした。

「佐賀町の川よしなら、猪牙舟の仕立てぐらいわけねえ。新三郎が来たら抜かるなよ」

おきちは六部の装束《しようぞく》手配りに立った。

一緒に立ち上がろうとした仙六を、猪之介が呼び止めた。

「ありがてえお経のひとつに、鉦《かね》の叩き方ぐれえは覚えとけよ」

仙六が畳に手をついて黙り込んだ。

木場の堀割を渡ってくる夕風が、松の小枝をさわさわと揺らせた。

三

分厚い雲が陽をさえぎっていた。どんよりと重たい空だが、真夏の外歩きには恵みの雲である。

銀次と茂助はともに大きな風呂敷を背負い、炭町の柳花宅へと向かっていた。銀次ひとりで行くはずだったが、反物が大荷物となったために茂助が同道した。

この日の朝がた、喜作、茂助、銀次の三人が誂えについて寄り合った。

「表地が渋めの丹後縮緬です。裾回しには帯と共布《ともぎれ》で、さび朱に大小のあられ小紋をおすすめしてはいかがでしょう」

これが茂助の見立てだった。

「千代屋らしいお見立てだ。ぜひそれでまとめなさい」

喜作も茂助の思案を買った。もとより銀次に異存はない。長襦袢と半襟などの小物を選ぶ段では、喜作がおやすを帳場に呼んだ。

「銀次が新しくいただいたお誂えだ。おまえも精々、銀次の力になってあげなさい」

喜作はことさらに銀次を引き合いに出す。照れ笑いを浮かべたふたりを見て、喜作と茂助がうなずき合った。

銀次と茂助が背負っている風呂敷には、表地と裾回し、染め帯、長襦袢と、半襟や帯留《おびどめ》などの小物までが包まれている。

重い荷だが曇り空に助けられた。ふたりはさほどの汗もかかず、八ツ前に着いた。

「なんだか渋過ぎるみたいだけど」

「あたしも、もう少し派手な色がいいわ」

柳花の言っていたうるさ方の弟子ふたりは、気乗りしない様子を見せた。

「ちょっとの間、お立ちいただけますか」

藤色の地に菖蒲《しょうぶ》の描かれたひとえを着た弟子を、茂助が立ち上がらせた。取り出した反物をほどき、娘の肩から垂らした。

曇り空から稽古場に差し込む陽が、反物と着ているひとえとの色味違いを際立たせた。

「裾回しと帯とには、この錦紗《きんしゃ》の小紋をあしらいます」

丹後縮緬が地味な色味だけに、錦紗の鮮やかさが引き立って見える。座ったままの弟子の目が輝いた。

「この取り合わせで中村座に行かれましたら、役者衆も顔負けすること請け合いです」

「これにしましょう」

ふたりの弟子が柳花をせっついた。あまりの変わりように柳花が苦笑した。

「分かりました。このお勧めで仕立てていただきましょう」

「ありがとうございます」

銀次と茂助が口を揃えて礼を言った。

「明日、ここにお弟子みんなを呼び集めておきますから、一度に寸法を取ってくださいますか」

「うけたまわりました。二十六人様でございますから、茂助と手分けしてあたらせていただきます」

「ぜひそうしてください。茂助さん、よろしくお願いします」

柳花も茂助の同席を受け入れた。

「ところで銀次さん、仕立ては深川の職人さんでよろしいんですね」

「結構でございます。あるじが柳花様のお好み通りにと申しております」

「それなら明日は、職人さんともお引き合わせいたしましょう」

商いはとどこおりなく調った。

反物と小物は弟子たちに見せたいからと言われて、そのまま柳花の手元に預け置いた。

翌朝、七ツ半（午前五時）にはいつも通り銀次が素振《すぶ》りを始めた。空はすでに明るく、雲はない。暑い一日が始まりそうな夜明けであった。

素振りを終えて汗を拭っていると、おやすが台所の裏に出てきた。

「商いのお話に加えてもらえて、昨日は身体がふわふわ浮かんだみたいだったわ」

おやすにはまだ余韻《よいん》が残っているようだ。

「柳花様のご注文がうまく運んでいるって、茂助さんが嬉しそうに教えてくれたの」

朝を待ちかねていたのか、声が弾んでいる。

「今日も茂助さんが手を貸してくださる」

銀次はおやすから目を外していた。まともに見詰めると、おやすへの想いを抑え切れなくなるような気がしたからだ。

「ひとつだけ気がかりなことがあるんだ」

「気がかりって、こんどのことで？」

「柳花様は与ノ助さんのお得意様だった」

「それはあたしも知ってるけど」

「このたびのお誂えを伝えてきたのも、与ノ助さんだ」

「それが気にかかるの?」

「炭町にはもうお出入りしていないはずの与ノ助さんが、柳花様の言伝《ことづて》を伝えてきたのが腑《ふ》に落ちないんだ」

銀次は与ノ助を信じていない。柳花の誂えがうまく運んでいるだけに、なおさら与ノ助が気になった。

「ほかにもあるんだ、おやすさん」

「気がかりごとがってこと?」

銀次が小さくうなずいた。

「柳花様が与ノ助さんのお得意様だったことは、番頭さんも旦那様も充分にご承知のはずなのに……与ノ助さんには、ひとこともおっしゃらないんだ」

五十両を超える大商いにつながったのは、自分の働きではないと銀次は思っている。好きな男ではないが、与ノ助が大事にお守《もり》をしてきたからこそ誂えにつながった。

それなのに喜作も太兵衛も、与ノ助にはひとことのねぎらいも言っていない。寸法取りの手伝いにも、与ノ助の名はあがらなかった。

「旦那様も番頭さんも、与ノ助さんを信じていないからだと思うわ」

おやすがきっぱりと言い切った。

「根岸屋さんのことでお叱りを受けたとき、旦那様は腑に落ちないことがあるとおっしゃったでしょう……あれは与ノ助さんのことを指したのだと思うの。ひどい嘘ですもの、旦那様はきっとお分かりになったはずよ」

「そうだといいが」

まだ充分に得心できない銀次が、あいまいな答え方をした。

「せっかくの大きな商いだもの、余計なことに気を回さないでがんばって」

おやすの励ましで朝が締めくくられた。

九ツ（正午）になると、銀次は喜作と茂助を交えて段取りの詰めを始めた。喜作の指図を帳面に書きとめているとき、奥から太兵衛が顔を出した。

「今日はまた暑い日になりそうだ」

あるじが帳場に顔を出すのは、あまりないことだ。周りの奉公人たちまでがかしこまった。

太兵衛は黒の絽《ろ》で身繕《みづくろ》いをしていた。真新しい紗献上《しゃけんじょう》の帯との取り合わせが、いかにも呉服屋当主の風格である。

「これから柴田《しばた》様のお屋敷におうかがいしてくる」

「かしこまりました。今夜はてまえが泊まり込みをいたします」

喜作の返事を受けて太兵衛は奥に戻った。

柴田様とは、細川越中守側用人、柴田数右衛門《かずえもん》のことである。

細川家下屋敷は先代からの出入り先だが、いまの太兵衛が襲名あいさつにたずねたとき、堀正之介が柴田を引き合わせた。

柴田は正之介から剣の手ほどきを受けたことがあり、以来、昵懇《じっこん》の間柄である。いまは繁蔵が出入りしている。側用人から太兵衛が深い交誼《こうぎ》を得ていることで、商いはすこぶる滑らかだった。

月に一度、太兵衛は昼下がりの早いうちに細川下屋敷をおとずれ、柴田と終日を過ごした。ときには碁を打ち、陽気がよければ吟行《ぎんこう》をともにした。

夏場は舟遊びである。この日は屋根船を仕立てて大川を上り、夜は向島《むこうじま》に泊まる手筈《てはず》だ。あるじ不在の夜は、番頭が千代屋に詰めた。

太兵衛が奥に戻ったあとも、銀次と茂助は持ち物を確かめ合った。

「鯨の巻尺、四の一絹針、畳紙《たとうがみ》、矢立……銀次さんも同じものを揃えていなさるね」

柳花の誂えは銀次のものというわきまえから、茂助は銀次をさんづけで呼んだ。

「すべて揃っております」

反物がないだけ、昨日よりは風呂敷が軽い。ふたりは喜作にあいさつをして店を出た。

前日の曇り空とは異なり、表通りは地べたが焼けている。ひとりだと構わず歩き続ける銀次だが、年長者の茂助を伴っている今日は陽差しが気にかかった。

「軒を借りて休みましょうか」

「気を遣いなさんな。まだあたしも枯れてるわけじゃない」

茂助が笑いかけながら歩みを速めた。

「おう……この前のにいさんじゃねえか」

辻の冷水売りが声をかけてきた。銀次が茂助を呼び止めた。

「どうでえ、冷てえのを……おや、今日はお連れさんと一緒かい」

親爺は茂助と同じような年格好だ。

「ふたりで四文にしとくからよう、いっぺえ飲んで行きな」

返事も待たずに親爺が椀を差し出した。

「この親爺さんのをいただいた日に、柳花様から大きなご注文を頂戴しました。縁起かつぎにどうですか」

「それはいいね。ちょうどあたしも喉《のど》が渇いていたところだ」

茂助も水売りに近寄ってきた。

「嬉しいことを言うじゃねえか。縁起がいいてえのは、担《かつ》ぎ売りにはなによりの誉《ほ》め言葉だ。それを聞いたら銭は取れねえやね、遠慮しねえでやってくんねえ」

ふたりはひと息で椀の水を飲み干した。

「今日のところは、遠慮なくご馳走《ちそう》にならせていただきます」

茂助は素直に親爺のこころざしを受けた。銀次も茂助にならって礼を言った。

喉の渇きが収まったふたりは、足取りが一段と軽くなっている。炭町の角を曲がり柳花宅に近づくと、稽古場の外にまで弟子たちの笑い声が流れ出ていた。

四

稽古場に上がると、二十六人の弟子が柳花を囲んでおしゃべりの真っ盛りだった。

板の間隅《すみ》には職人髷《まげ》の男が座っていた。身なりは職人だが目つきが鋭く、踊りの稽古場には場違いに見えた。

銀次たちのおとずれを目にして、柳花が寄ってきた。

「こちらが深川のころにわたしがお願いしていた鉄太郎《てつたろう》さんです」

柳花に手招きされた鉄太郎が、ふたりの前で軽くあたまを下げた。

「鉄太郎さん、このおふた方が千代屋の手代さんで、お若い方が銀次さん、お連れが茂助さんです」

手慣れた顔つなぎの仕方は、芸妓を経た柳花ならではの技《わざ》であった。

「このたびは千代屋さんにご無理を聞いていただきやした。間違いのねえ仕事をいたしやすから」

「どうぞよろしくお願いします」

手代と職人とが、互いに折り目正しいあいさつを交わした。

寸法取りは銀次と茂助の仕事である。銀次が巻尺ではかった寸法を口にすると、茂助が声に出して繰り返したのちに書き留めた。

採寸の間、弟子たちはとめどのない無駄話を続けたが、鉄太郎は無言で成り行きを見つめていた。

身丈《みたけ》、着丈《きたけ》、裄丈《ゆきたけ》、身幅《みはば》。二十六人の弟子をはかり終えたあと、柳花も念のために寸法を取った。すべてが終わったときには、すでに一刻（二時間）が過ぎていた。

「どうもご苦労さまでした。銀次さん、茂助さん、麦湯でひと息いれてくださいな」

弟子が麦湯を運んできた。鉄太郎も隅で同じように勧められている。

「銀次さん、表地の丹後縮緬も裾地と帯との錦紗のあられ小紋も、みなさん大層気に入ったようです」

「どうもありがとうございます」

銀次と茂助が、弟子たちに会釈《えしゃく》をしてから柳花に向き直った。

「千代屋さんに、もうひとつお願いがあるのですが」

「なんなりとおっしゃってください」

「わたしのだけでも、出来る限り早く仕立てさせてくださいな。お弟子たちが、早く仕上がりをご覧になりたいらしいの」

柳花は銀次に頼みながら、鉄太郎をそばに招き寄せた。

「お預かりしたこの反物を鉄太郎さんにお渡しして、今日からでも取りかかっていただきたいのだけど、よろしいかしら」

問われた銀次が茂助を見た。茂助はひと呼吸おいてうなずき返し、柳花の寸法書きを銀次に渡した。

「うけたまわりました。これが柳花様の寸法です。反物一式はこちらにお預けしてありますから」

銀次が寸法書きを鉄太郎に渡した。

「細かな段取りは、明日にでも千代屋でさせてください」

「分かりやした」

「そのときに残りの反物もお預けしますから、受け取りをお持ちください」

「承知しやした。残りが二十六人分もありやすから、あっしひとりじゃあ持てねえと思いやす。手伝いの者を連れてめえりやすから」

鉄太郎との詰めを終えて銀次と茂助が炭町を出たころには、陽が西空に移っていた。

「柳花様のお弟子さんというのは、玄人《くろうと》さんなのかねえ」

帰り道で茂助が銀次に問いかけた。

「いいえ……柳花様のお話では、お店のお嬢様やご新造様がただとうかがいましたが」

答える銀次の口調がいぶかしげだ。

「お弟子の幾人かの身のこなしは、素人《しろうと》さんとは思えなかったものだから訊いたまでだ。あたしの見当違いかも知れない」

「…………」

「どちらにしても、大したことじゃない」

締めくくりでは茂助が笑っていた。

銀次は笑えなかった。年季の入った茂助に、見当違いなど考えられない。それにわけがなければ、玄人云々《うんぬん》を茂助が口にするとも思えなかった。

「柳花様に確かめてみましょうか」

「いや、それはよしたほうがいい」

茂助が真顔に戻っていた。

「定かなことではないし、仮に玄人さんだとしても、柳花様が言いたくないわけがあるのかも知れない」

二十年のうえ千代屋の手代を勤めている茂助の言うことだ。銀次は黙って従った。

夕日がふたりの背を照らしている。歩く先に、長い影がふたつ延びていた。

五

銀次と茂助が柳花宅で採寸したその日、仙六は朝から佐賀町の船宿川よしの二階にいた。

六十六部の巡礼装束を身につけた仙六は、昨日からこの二階で新三郎を張っていた。川よしからは堀伝いに大川へと出られる。新三郎が猪牙舟に乗るのは川よしの先、火の見やぐら下の桟橋からだった。

六部の装束で昨日の朝川よしをおとずれたとき、あるじの富造《とみぞう》は留守だった。

「うちは縁起商売だよ、六部なんかに出入りされたら迷惑だ」

次第が呑み込めていない女房のおかねは、凄《すさ》まじい剣幕で仙六を追い返そうとした。

女房相手に凄んでも仕方がないと考えた仙六は、船着き場の水辺で暇潰《つぶ》しをした。

こんなところに代貸があらわれたら、どうすりゃあいいんでえ……。

案じているところに富造の舟が戻ってきた。

富造と仙六は互いを知らない。あたりで見かけることのない六部を、富造が目を険《けわ》しくして睨みつけた。

「猪之介一家の仙六てえもんだが、あんた、富造さんだろ」

猪之介の名を聞いて、富造の顔に怯《おび》えが浮いた。仙六は見逃さなかった。

「わけありなんでえ。二階を幾日か使わせてもらうぜ」

富造に有無を言わせず呑み込ませた。

川よしの二階には、堀に面したふすま仕切りの小部屋が三つあった。船遊びの客が酒肴《しゅこう》を楽しむ座敷だが、ときには芸者遊びもする。

いまは一年のなかで船宿がもっとも繁盛する時季である。三間しかない部屋のひとつを取り上げられるのは、大きな痛手だ。しかも六部にうろつかれては、縁起商売にも障《さわ》る。

わけを知らないおかねや船頭たちは、あからさまにいやな顔を見せた。しかし、ひとから嫌われ慣れている仙六には通じない。富造ひとりがうろたえていた。

昨日は新三郎が来なかった。暮れ六ツ（午後六時）までは閉めた障子の隙間から張っていたが、鐘が鳴り終わったところで張りを解いた。六部のなりを唐桟《とうざん》に着替えると、首尾を伝えに猪之介の宿をおとずれた。

「ばかやろう」

いきなり猪之介に怒鳴《どな》りつけられた。膝で眠っていた猫が目をあけた。

声が小さいだけに、猪之介の怒りには凄みがある。このところ怒鳴られていなかった仙六は震え上がった。

「なんでわざわざ、来ねえ話を持ってくるんだ。暮れ六ツを過ぎたら新三郎はあらわれねえと、だれが決めたんでえ」

仙六には言葉もなかった。

「二度と間抜けな動きをするんじゃねえ」

「へい……」

「飛んでけえったら、おめえの目んたまを通りに張りつけろ。分かったらすぐにけえれ」

仙六は転がるようにして川よしに戻った。夜通し浅い眠りを繰り返した仙六は、明け六ツ（午前六時）の鐘で六部装束に着替えた。

陽が高くなるにつれて、障子越しに攻め込んでくる暑さが、居眠りに誘い込む。猪之介への恐れが、仙六を懸命に踏ん張らせた。

絣《かすり》木綿を着流した新三郎が川よしの前に差しかかったのは、陽が西に傾き始めた七ツ（午後四時）ごろだった。

朝から待ちかねていた仙六が階段を駆け下りた。

「舟を出してくんねえ」

富造にあごを突き出した。

厄介者が追い出せるおかねも、富造の尻を叩いて支度を急《せ》かせた。すぐさま猪牙舟の舫《もやい》を解いた富造が、六部装束の仙六を舟に呼び込んだ。

新三郎はいつも通り、やぐらの下から舟に乗った。

「あれを追ってくんねえ」

「やぐら下から出た猪牙舟ですかい」

仙六がせわしげにうなずいた。

「どこへ行くか分からねえが、向こうの船頭に気づかれねえように頼むぜ」

櫓《ろ》を握ると富造から気弱さが消えた。いまは大川を知り尽くした船頭の顔である。仙六の指図にうなずき返すだけで返事もしない。

先を行く新三郎の舟は、大川に出ると左に折れて永代橋をくぐった。何十杯もの川遊びの屋根船や猪牙舟が、大川を行き交っている。

新三郎の乗っているのは小さな猪牙舟だ。目を離すとまぎれ込んで見失いそうになる。

仙六は汗まみれになって目を凝らした。

富造は平然と櫓を漕いでいる。先を行く船頭の櫓さばきから、大方の行き先には見当がついているようだ。

「あの様子だと、舟の行く手は八丁堀から京橋の見当だ。万にひとつも見失うことはねえから、安心して任せなせえ」

富造が請負ったことで、仙六にも周りを見るゆとりができた。

陽はすでに西日だ。前方に広がる湊町《みなとまち》の松林を、傾きかけた夏の陽が照らしている。白帆を張った漁船や色鮮やかな屋根船が、河岸に連なる松の緑と錦絵を織りなしていた。

「富造さん、夏の舟はいいな」

景色に見とれた仙六は、おもわず追従《ついしょう》めいたことを口にした。

大川からふたたび堀に入った新三郎の舟は富造の見立てた通り、八丁堀を過ぎて京橋の小さな桟橋に着いた。

「てえしたもんだ、おかげでここまでは上首尾だぜ」

仙六が心底から感心していた。

「この先の見当もつかねえが、ここで待っててくんねえ。どんな具合になっても、かならずけえってくるからよ」

富造は新三郎の舟の対岸に着けている。船頭に言い残した仙六は、新三郎を追い始めた。

先を歩く新三郎は、つけてくる者など思ってもいないような足取りだ。京橋を渡り、日本橋に向けて歩いている。仙六は新三郎との間合いを保ちつつ、同じ歩調であとを追った。

炭町の辻に差しかかった新三郎が、あたりを見回した。仙六は変わらぬ調子で歩き続けた。六部が慌てたりすれば怪しまれると、咄嗟《とっさ》に判じたからだ。

新三郎は仙六に気づかなかったようだ。辻を右に折れて町内に入った。間合いを詰めないまま、仙六も炭町に入った。

そのとき、新三郎が身を隠すようにして路地に入った。

いけねえ、ばれたか……。

仙六が胸のうちで舌打ちをした。が、前から歩いてくるふたり連れのお店者を見て、仙六も身を隠したくなった。

ひとりは銀次だった。

銀次と年配の手代が、小声で話を交わしつつ仙六のわきを通り過ぎてゆく。

六部のなりだ、分かるはずがねえ……。

そう思いつつも手のひらに汗が滲《にじ》んだ。

銀次たちが辻を右に折れたところで、路地から新三郎があらわれた。ちらりと六部を目に留めたが、そのまま歩き始めた。

これで二度目だ、少し間合いをあけたほうがよさそうだぜ……。

仙六が思案している間に、新三郎は仕舞屋《しもたや》に入り込んだ。思わぬ展開に慌てたが、入った家は突き止めてある。しばらく間をおいてから家の前に立った。玄関の格子戸わきに、樫板の表札がかかっていた。

仙六は字が読めない。

「もしも新三郎がどこかの宿にふけたら、表札を書き写してけえってこい」

猪之介はこんな成り行きまで思案して、六部が背負う厨子《ずし》に半紙と矢立とを入れさせていた。仙六は半紙を取り出し、絵を描く要領で表札の文字を描き写した。

写し終わってから考えた。

代貸はおれの六部のなりを二度も目に留めた。もう一度見られたらばれる。町内から通りに出るのは一本道だし、京橋には舟を残してある。そこにかならずけえるはずだ……。

こう考えた仙六は、人通りの多い表通りから、炭町の一本道を見張ることにした。

六

通りが夕闇に包まれ始めたが、夏場の宵《よい》に提灯《ちょうちん》を提《さ》げて歩く者はほとんどいない。めえったぜ。この暗がりで代貸を見分けられるのかよ……。

案じた仙六は厨子を背負いなおして目を凝らした。が、それは取り越し苦労だった。

半刻（一時間）ほどで表通りに出てきた新三郎の連れを見て、仙六は飛び上がりそうになった。見るからに粋筋やら素人衆やらを取り混ぜて、二十数人のおんなが一緒なのだ。目つきの鋭い、女衒《ぜげん》のような男も連れていた。

あの仕舞屋はなんだてえんだ……。

仙六のあたまがこんがらかった。しかし見失ったら大変だと気をとり直し、あとをつけ始めた。

新三郎と大きな間合いを取っても、見失う気遣いは無用だった。通りすがりの連中が振り返って見るような、派手な群れが相手である。新三郎たちは、思っていた通り京橋を渡ると河岸に向けて折れた。

仙六はゆっくりとした歩みで、京橋に差しかかった。そこで慌てた。灯《あか》りの入った屋根船が河岸に着けられていた。乗り込むおんなたちのなかに、新三郎の姿を求めた。しかし船のなかにも河岸にも見当たらない。

まかれちまった……。

猪之介がどれほど怒るかを思うと、血の気が失せた。肩を落とした仙六が、おぼつかない足取りで京橋を渡った。

「仙六さん、こっちだよ」

河岸の端に着け直した舟から、富造が手招きした。仙六は急ぎ舟に乗り込んだ。

「あんたが追っかけてたひとは、猪牙舟で戻っていきやしたぜ」

「なんだと」

「あれは佐賀町の舟だ、戻り先は決まってらあね」

「決まってるてえのは、佐賀町にけえったてえことかい」

「その通りさ。あの船頭とあの舟じゃあ、日暮れた大川を遠出はできねえ」

仙六が大きく安堵《あんど》の溜め息をついた。

「ありがとよ、富造さん」

「大川なら任せてくれ」

「そうだと決まりゃあ、猪牙舟はうっちゃってもいいや。あの屋根船がどこに上がるか追ってくんねえ」

「がってんだ」

富造の返事が威勢に溢《あふ》れていた。ふたりの息が合い始めている。おんなたちの乗った屋根船が桟橋を離れた。

「屋根船の行き先に見当がつくかい？」

「両国橋だろうよ。船の提灯は、両国の船宿で見たことがあるからよ」

富造の口調がすっかり船宿の亭主に戻っている。仙六も、いまでは富造を頼り切っていた。富造の言う通り前を行く屋根船は、永代橋、新大橋《しんおおはし》とくぐり抜けて大川を上っている。

西岸の箱崎町《はこざきちょう》河岸には大名屋敷が連なり、東岸は佐賀町の蔵だ。夜の両岸は闇である。しかし川涼みの船に灯《とも》された提灯が、川面に映えていた。

初めての眺めに仙六は見とれた。

「仙六さん、船が岸に寄りますぜ」

富造の言葉で我に返った。両国橋西詰の船着き場に、目当ての屋根船が舳先《へさき》を寄せた。

富造は船のうしろに見つけた隙間に、猪牙舟を巧《たく》みに着けた。

岸に上がろうとする仙六を富造が止めた。

「幾ら盛り場の両国でも、夜に六部のなりじゃあ目立ち過ぎやすぜ」

言われて仙六も猪牙舟にとどまった。

「おかえんなさい」

半纏《はんてん》を着た若い衆ふたりが、船を降りるおんなたちを威勢よく出迎えている。

「あれは折り鶴《おづる》の半纏じゃねえか」

「富造さん、折り鶴てえのはなんでえ」

「ここの老舗《しにせ》料亭でさあ。そうか、あの連中は折り鶴の仲居だよ」

富造が得心顔を見せた。仙六は折り鶴を知らない。そこの仲居が、なぜ新三郎と一緒に炭町から出てきたのかも分からなかった。

「富造さん、すぐに佐賀町まで戻ってくれ」

宿に帰れる富造に異存はない。猪牙舟は船足を急がせて佐賀町まで戻った。

「世話になったぜ」

仙六は六部の身なりのままで猪之介の宿に駆け出した。川よしの女房が後ろ姿に塩を振り撒《ま》いた。

一部始終を聞き終えた猪之介は、仙六が写し描いた半紙を手にしたまま、行きつ戻りつ考えを巡らせていた。

『藤村流師範藤村柳花』

　仙六が描き写した表札である。

「もう一度、はなからなぞるぜ」

　猪之介が長火鉢のそばに仙六を招き寄せた。

「新三郎は舟で京橋に上がり、炭町の仕舞屋にへえった」

「へい、その通りで」

「途中で銀次を見つけて、新三郎は身を隠した。おめえの考えだと、銀次が出てきた宿と、新三郎がへえった宿とは同じで、その表札がこれだ」

　猪之介が半紙を見せた。仙六が神妙にうなずき返している。

「表札をおめえがきちんと描き取ったとすりゃあ、ここに住んでるのは踊りの師匠だ」

「そういやあ、三味線が聞こえてたような気がしやす」

「その宿から、新三郎がおんなをぞろぞろ引っ張って出てきたんだな」

「それに違《ちげ》えねえと思いやすが」

「京橋から新三郎は賭場にけえり、おんなどもは両国で折り鶴の半纏を着たわけえもんに出迎えられた。富造が言うには、そこの仲居に違えねえ……これで間違ってはねえか」

「その通りでやすが……」

「どうした」

「仲居にしちゃあ、若過ぎる娘も混じっていたような気がしやす」

六部装束の仙六は、身体中から汗が噴き出している。仲居については猪之介がそれ以上の問いかけをしないので、仙六も余計な口をつぐんだ。

「絵図が切れ切れで、わけが分からねえ。新三郎が釣り上げた千代屋の手代は、なんてぇなめえだ」

「与ノ助てえ、青っちろい野郎でさあ」

「新三郎に気づかれねえように、そいつをここに連れてこい」

「手代を……でやすか」

「この暑さだ、おれの気も長くはねえぜ」

どうやってでも、明日には連れてこいと猪之介は言っている。

六部の次には人さらいかよ……。

仙六はこぼれそうな溜め息を隠して、へいと返事をした。

猪之介の目が鋭く光り、仙六をにやりと見たあとで閉じられた。

七

昨夜の太兵衛は柴田数右衛門と向島に遊び、千代屋を留守にした。太兵衛不在の夜は、喜作が千代屋に泊まり込む。

番頭といえども奉公人だ。あるじがいないことで、だれもが言葉にできないくつろぎを覚えた。喜作も呼吸はわきまえている。

太兵衛にもその微妙さが分かっているようだ。月に一度、奉公人たちが気持ちの骨休めをすることは好きにさせていた。

千代屋から三町先の魚河岸外れに、廣野《ひろの》屋という揚げ物屋がある。河岸の残り魚をタネに使った揚げ物は、値段に比べて味の良さが評判だ。喜作はおやすに言いつけて、廣野屋の天ぷらを膳に加えた。

切り詰めた費《つい》えで奉公人を喜ばせるのは、喜作ならではの心遣いである。昨晩の食膳は大いに沸いた。

久々に旨《うま》いものが口にできた小僧たちは、いつもより半刻も早く起き出した。張り切った小僧たちの早起きが、おやすと銀次の朝を縮めた。

「柳花様のことで手伝えることがあれば、何でも言いつけてくださいね」

こう言い残して、おやすは慌ただしく台所に戻った。

銀次は薪《まき》置き場で長柄《ながえ》の斧《おの》を手にして、薪割りを始めた。スコンと乾いた音を立てて、薪が真っ二つに割れる。その音に重なるようにして、明け六ツ（午前六時）の鐘が流れてきた。

千代屋の新しい一日が動き始めた。

仙六は猪之介の宿で同じ朝を迎えた。

新三郎の張り番は上首尾に終わったが、猪之介からさらに面倒な仕事を言いつけられた。

新三郎が釣り上げた与ノ助を、仙六は何度か見ている。しかしこの日まで、猪之介から与ノ助の張り番を指図されたことはなかった。

それゆえ与ノ助の日々の動きは摑んでいない。分かっているのは、千代屋の外回り手代ということだけだった。

とにかく朝から千代屋を張って、あとは出たとこ勝負しかねえ……。

ねぎの味噌汁をどんぶり飯にぶっかけた仙六は、たったの三口でかき込んだ。

「姐《あね》さん、出かけやす」

「ちょいと待って」

半紙にくるんだ小遣いをさらしに捻《ね》じ込んでから、おきちが仙六を送り出した。

猪之介の宿から永代橋までは、途中で堀をふたつ渡ったあとは、表通りを一本道である。

銀次を永代橋から押し出したのは、去年の初め、真冬のことだった。あのときは、頼りない冬の朝日が銀次の背に差していた。

今朝は五ツ（午前八時）の鐘もまだだというのに、陽はすでに凄みをはらんでいる。

永代橋を渡り、南茅場《かやば》町の堀端に差しかかったところで、五ツの鐘が聞こえてきた。仙六が足を速めた。

まだ手代が外に出るとは思えなかった。しかし間に合わなければ一日が無駄になる。なにより猪之介の怒りを買うのが恐かった。

牧野豊前守《まきのぶぜんのかみ》上屋敷のあたりから、仙六は駆け出した。いかにも渡世人風体《ふうてい》の男が、朝から武家屋敷のわきを駆ける姿は異様である。通りすがりの中間《ちゆうげん》者が、目を尖らせながらも身を避《よ》けた。

海賊橋を走り抜け呉服町千代屋の角に着いたときには、息があがり、下帯まで汗まみれとなっていた。

ふところから手拭いを出して、したたり落ちる汗を拭った。やっと息が整ってきたところで、千代屋の店先が騒がしくなった。

「おかえりなさいまし」

手代や小僧がひとりの男を迎えている。

男は仙六に背を向けているので顔が見えないが、千代屋のあるじを出迎えているらしいと判じた。仙六は与ノ助を探した。

まず銀次を見つけた。銀次のとなりには、炭町で見た男もいた。与ノ助、るじを迎えている。仙六がほくそ笑んだとき、あるじの横顔がちらりと見えた。眉が濃くて唇の厚い、いかにも大店当主の顔相である。賭場の客の多くがこの手の顔つきだ。

仙六は見飽きていたが、ふっとあたまの奥に引っ掛かりを覚えた。

仙六の立っている辻からは、顔の細かなところまでは分からない。しかしどこかに見覚えがあると思った。人の顔を覚えるのは、渡世人には欠かせない技だ。

うちの賭場で見たわけじゃねえが……。

思い出そうと努めたが出てこない。

どうせ大したことじゃねえと、気持ちを与ノ助の見張りに切り替えた。元大工町の辻に日陰を見つけて、千代屋の見張りを始めた。

与ノ助は半刻ほどで店から出てきた。手には昨日の銀次たちと同じような包みを提《さ》げている。都合のいいことに、与ノ助は元大工町に向かって歩いてきた。

知らぬ顔でやり過ごしてから腰を上げ、間合いをあけてあとを追った。

与ノ助は青物町の大路を、楓川に向かって歩いて行く。千代屋から三町ほど離れたところで、仙六が並びかけた。

「与ノ助さんよ、ちょいと横丁にへえってくんねえ」

凄みを利かせてささやいた。小声で脅すのは、猪之介譲りである。

与ノ助は仙六を知らなかった。それでも新三郎にいたぶられ続けていることで、渡世人風の男に凄まれると腰が砕けた。言われるままに路地に入った。

「おれは猪之介一家の仙六だ」

猪之介一家の名を聞いて、与ノ助の顔色がさらに蒼《あお》くなった。

「親分が世間話をしてえてえんだ。これから木場まで付き合ってくんねえ」

わけなく与ノ助を押さえることができたことで、にやりと笑いかけた。仙六は生まれつき右目が赤い。与ノ助が後退《あとずさ》りしたほどに、笑いと小声には凄みがあった。

仙六は人目を避けて、路地伝いで京橋に出た。昨晩、河岸に流しの猪牙舟が何杯も繋《つな》がれていたことを、仙六は覚えていた。

目算通り、二杯の猪牙舟が客待ちしていた。

「夏場の船頭は強気だぜ」

富造から聞かされていた仙六は、猪牙舟の船頭に揉み手をせんばかりにして近寄った。

「船頭さん、あんたなら大川を知り尽くしていそうだな」

案の定、船頭は返事もしない。与ノ助を桟橋に残したまま、仙六はさらに近寄った。

「酒手《さかて》をたっぷりはずませてもらうからよう、佐賀町までひと漕ぎやってくんねえか」

「たっぷりだけじゃあ分からねえ」

船頭はにべもない。

「おれは木場の猪之介一家の仙六だ」

「それがどうしたよ。名乗らなくても、堅気じゃねえのは見りゃあ分かる」

潮灼けした船頭はまるで動じなかった。うしろの与ノ助は、成り行きに聞き耳を立てている。船頭に嘗められっぱなしでは、格好がつかない。

匕首《あいくち》を握ろうとして、右手をさらしに置いた。船頭の口元が引き締まった。仙六も目を強くしたが、手がさらしに挟まれた半紙に触れた。仙六は目の光を消した。

半紙には一匁《もんめ》の小粒銀四粒がくるまれていた。仙六は二粒を船頭に差し出した。

「これでどうでえ」

小粒ひとつが八十三文である。佐賀町から京橋までの猪牙舟は、ひとり四十文が相場だ。小粒ふたつなら倍である。

「乗りな」

船頭があごをしゃくった。相手の振舞に仙六はぶち切れそうだったが、猪之介の顔を思い出して気を鎮《しず》めた。与ノ助には見えないようにさらに小粒ひとつを渡し、船頭の手のひらを思いっきり握った。

仙六の赤目を間近に見て、船頭の顔つきが変わった。

「お客さんも乗んなせえ」

船頭の仏頂面《ぶっちょうづら》が引っ込んでいた。

いきなり愛想がよくなった物言いに目を丸くした与ノ助が、こわごわの足取りで猪牙舟に乗り込んだ。

船頭の櫓さばきは、拾いものだった。大川に出ると、巧みに潮目に乗って滑るように舟が進んだ。永代橋をくぐったあと、堀に入ると船頭は棹《さお》に換えた。

「佐賀町のどこに着けりゃあいいんだよ」

「宿は木場だ。佐賀町の桟橋なら、どっからでも歩いて行けるからよう」

「にいさん、木場かい?」

「乗るめえにそう言ったぜ」

「うっかり聞き漏らしちまったよ。たっぷり酒手をもらったんだ、木場まで行くぜ」

三粒目と睨みが利いたぜ……仙六が鼻の穴を膨らませていた。

八

堀伝いに宿へ向かう仙六は、猪之介と話すときの心得を与ノ助に教えた。

「正直に話すことだぜ。気のきいたおいしいことを言っても、ばれたら悔やむ間もねえや。騙《かた》りを言うぐれえなら、おれなら黙るね」

堀を渡る涼風で少しばかり気をとり直していた与ノ助が、これを聞いてまた沈んだ。

何をされるんだろう、どんなことを訊かれるんだろう……。

不安だけが先走る。与ノ助は、閻魔《えんま》のような男を思い描いて宿に着いた。

猪之介は長火鉢を前にして座っていた。与ノ助を迎え入れる顔が笑っている。

「あんたが与ノ助さんか。いかにも呉服屋の手代さんだ、もっとこっちに寄りねえな」

猪之介の静かな声に与ノ助は戸惑った。すぐには声が出なかったが、猪之介は何も言わずに見ていた。

「あいさつを店に忘れてきたのかよ」

背中をどやした仙六を猪之介が睨みつけた。その目を見て与ノ助の口が開いた。

「日本橋呉服町の千代屋で手代をいたしております、与ノ助と申します。親分さんからお話があるとのことで、仙六さんに連れられてまいりました」

両手を畳について、商いの口上のような口調であいさつした。

「都合も聞かずに連れてきてわるかったよ、勘弁してくんねえ」

とんでもございません、と喉元まで出かかったが、与ノ助は懸命に呑み込んだ。

「あんたはお店者だ。早くけえりてえだろうから、ずばりと訊くぜ」

「なんでございましょう」

「千代屋の客だという見当だが、炭町の藤村柳花を知ってるか」

猪之介の口調は変わらず静かだ。しかし目に凄みが加わった。見据《す》えられた与ノ助は、座ったまま腰が抜けそうになった。

「存じております」

「やっぱりおめえんとこの客か」

「柳花様は、てまえがお守をさせていただいておりました」

猪之介が黙り込んだ。目が与ノ助から外れて天井に向いた。猪之介が深く考え込むときのくせである。しばらくしてから与ノ助に戻った。

「新三郎と柳花とを引き合わせただろう」

「えっ……」

図星を指されて口ごもった。

「なんでそうしたのか、わけを聞かせろ」

ひとを見る目は、手代勤めで鍛えられていた。ひと睨みされたときに、隠しごとは通じない相手だと与ノ助は察した。

柳花との深いかかわりから話さないことには、筋道が通らなくなる。できれば触れたくなかったが、省《はぶ》けるわけがない。

観念した与ノ助は、賭場の借金肩代わりを頼もうとして、新三郎と引き合わせたことまでの一部始終を話した。

「それであんたは、おんなを新三郎にふんだくられたてえわけか」

「はい……」

「あれも罪な野郎だぜ」

からかい気味の声だった猪之介が、ふっと真顔に戻った。

「ことによると、そのおんなは深川芸者だったんじゃねえか」

「おっしゃる通りでございます」

「それで、いまは銀次の客か」

銀次の名が出たことで、与ノ助の顔がわずかに歪《ゆが》んだ。猪之介は見逃さなかった。

「あんたは銀次ともわけがありそうだな」

「…………」

「そいつも聞かせてもらおうか」

与ノ助が座り直した。

「賭場からかすりを受け取る下司《げす》だったと、新三郎さんにうかがいました」

銀次をわるく言い始めた与ノ助は、口が止まらなくなった。たかが大工職人だった男が手代づらをして、柳花と黒崎屋に出入りするのが許せないと話して、悪口が終わった。

聞き終えた猪之介の顔に変わりはなかった。

「それであんたは新三郎とつるんで、銀次を嵌《は》めようというわけか」

「細かな仕組みは、新三郎さんから聞かされてはおりませんが」

「銀次を嵌める仕組みのことか」

与ノ助が大きくうなずいた。

「てまえは銀次に柳花の言伝《ことづて》を伝えるだけで、借金が帳消しになる約定《やくじょう》でございます」

猪之介の目が絹糸のように細くなった。

「だれのめえで、ぺらぺら御託《ごたく》を唄ってやがるんでえ」

のけぞった与ノ助が、腰のうしろで手をついた。

「借金帳消したあ豪気《ごうぎ》な言いぐさだが、そいつはだれのゼニでえ」

「てまえはただ、新三郎さんにそう言われたまででございます」

「新三郎がチャラにできるとでも思ってたのか、この腐れ手代が」

掠《かす》れ声で怒鳴られた与ノ助が顔を引き攣《つ》らせた。猪之介に朱が差したのを見て、仙六も尻を浮かせた。

「知ってる限り、新三郎が描いた絵図を言ってみろ」

与ノ助は震えで唇が揃わず、しゃべろうとしても言葉にならない。しかし黙っていることのほうがもっと怖かった。

「く……詳しいことは、本当に存じませんのです。新三郎さんに千代屋の反物で、柄《がら》が揃っているものの数を訊かれましたので……」

与ノ助は口が乾き切り、舌がもつれた。猪之介に目配せされて、仙六が湯呑みに水を汲んできた。

与ノ助は震えながらも飲み干した。

「秋物のあわせなら、丹後縮緬の小紋が十五疋、これで三十枚のお誂《あつら》えができると申しました」

猪之介は口を挟まず、目で先を促した。

「そう話した翌々日、銀次を柳花のところに差し向けるようにと、新三郎さんに指図されました。てまえはその日から、ただの一度も柳花のもとにはまいっておりませんです」

猪之介も麦湯に口をつけた。

「てめえの店では、いまはどんな具合になってるんでえ」

「どんな具合と申しますと？」

「柳花は、銀次相手に騙りの誂えを言ったんだろうが」

「はい。大口のお誂えが頂戴できたと、あるじも番頭も大層喜んでおります」

猪之介がふたたび黙り込んだ。与ノ助も仙六も息を潜《ひそ》めている。音の消えた部屋に、蟬《せみ》時雨《しぐれ》が流れ込んできた。

猪之介の顔が動いた。

「柳花の話てえのは、まるごと騙りか？」

「千代屋では、柳花と弟子を合わせて二十七人の遊び着だと申しております」

「いちいち区切らねえで、とっとと話せ」

「柳花には、二十六人もの弟子はおりませんです。子細は分かりかねますが、まやかしかと存じます」

「まやかしかと存じますだと？」

怒りで語尾が上がった猪之介が、手にした湯呑みを投げそうになった。怯《おび》え切った与ノ助が息を呑んで身構えた。

「騙りに決まってるじゃねえか」

息をひとつ吐き出して、猪之介は怒りを鎮めたようだ。

「まあいい。てめえは他に、どんなことを知ってるんだ」

「ほ、本当にこれがすべてでございます」

「もういいぜ。これからは、仙六がてめえに繋ぎをつける。この騙りで分かったことが出てきたら、ひとつ残らず話すんだ」

「かしこまりました」

「新三郎には、ここに来たことも、てめえが唄った中身もしゃべるんじゃねえ」

与ノ助が何度もせわしなくうなずいた。

「新三郎に会わねえように、途中までおめえが連れて行け」

永代橋まで連れて行った仙六が駆け戻ると、猪之介は縁側で庭の松に見入っていた。

「こっちに来て座れ」

猪之介のわきには塗盆《ぬりぼん》が用意されていた。奴豆腐が二鉢載《の》っている。

「おきちがおめえの分も用意したぜ」

小鉢と盃の載った盆を仙六に手渡した。

「一杯つけろ」

「いただきやす」

「こいつあ小遣いだ」

ひと掴みの二朱銀を仙六に握らせた。ざっと一両はありそうだ。仙六が押しいただいた。

「新三郎もまめな野郎だぜ」

ひとりごとのような口ぶりだった。

「騙りの片方で、おれのめえでは代貸をしれっとしたつらでやってやがる」

涼しい風が堀から流れてきた。風鈴がちりんちりんと鳴り出した。

「与ノ助の話には、両国の折り鶴がなにひとつ出てこねえ」

「へえ……」

「今日からおめえは折り鶴を探ってこい」

「がってんで」

「銀次がこの始末を、どうつけるのかが見ものだぜ」

猪之介のつぶやきは仙六にも聞こえた。が、口を閉じたまま、松の小枝を見入るふりを続けていた。

九

寛政元年八月二十一日。

凄まじい夕立が柳花宅の庭で暴れていた。飛び石にぶつかった大粒の雨が跳ねて砕けて、雑草の茂みに飛び散った。

蒼白い光が空を引き裂き、雷鳴が炭町に響き渡る。障子の外側では轟音と稲妻《いなずま》とが好き放題に暴れており、部屋の中では柳花が淫《みだ》らに荒れていた。

「ああ、そんなことまで……いや、やめないで……」

虚《うつ》ろな目で新三郎のなすがままに身悶《もだ》え、とぎれとぎれの声をあげる。引き締まった新三郎の裸体がうごめくと、柳花の声が漏れた。

「わたし、とっても変よ……」

ひときわ大きな悶え声のあと、身をのけぞらせた柳花から力が抜けた。新三郎自慢の髷《まげ》が、横に大きく乱れていた。

「どこでこんな凄いことを覚えたのよ。わたし、くやしい」

手を新三郎に這わせて、まだ固いままのを愛《いと》しむように撫で上げた。

「おめえもてえした身体だ、勝ち負けなしてえことにしときねえ」

新三郎が柳花の手を止めた。

「明日の手筈《てはず》に抜かりはねえだろうな」

「興ざめなことを言わないで……」

「この先もこうしていてえから、明日をしくじらねえようにと気を揉んでるんでえ」

「ほんとうなの？」

「おめえなしじゃあ、おれは腑抜けだぜ」

新三郎の手が横たわる柳花の茂みを撫でた。小さな尖りが固くなった。

「ああ……そのままにしてて……」

豊かな乳房を新三郎のこわばりに押しつけた。新三郎のものがぴくっと応じた。

新三郎はさしたる思案もなしに、与ノ助を脅して柳花に会った。柳花がしなだれかかるさまを見ているうちに、ひとつの企みが形になり始めた。

柳花を手なずけた手応えを確かめてから、蛙《かわず》の伝吉を弐吉のもとに走らせた。

前のことで懲りた新三郎は、落ち合う場所だけを弐吉に任せた。

「両国の折り鶴てえ料亭なら、間違いねえと言ってやす」

伝吉が持ち帰った言葉を、新三郎は鵜《う》呑《の》みにはしない。

「折り鶴の女将《おかみ》は、弐吉親分に大きな借りがあって言いなりなんだそうで」

「あんなノミの言いなりになる料亭じゃあ、てえしたことはねえだろう」

「ところがあにい、そうでもねえ」

「見に行ったのか」

「けえりに見てきやした。橋の西詰の、てえした場所を占めてやすぜ」

「人目につかずにへえれるのか」

「桟橋に猪牙舟を着けりゃあ、そのまま裏からへえれやす」

「だがよう伝吉、折り鶴にノミの顔が利くのは、一家のだれもが知ってるだろうがよ」

「それも訊きやしたが、代貸の与一さんと弐吉親分しか知らねえてえやした」

「ノミの言いぐさがあてになるかよ」

た。


「胸を叩いたのは代貸なんで」

新三郎は日をおかず、翌日の九ツ（正午）に折り鶴で弐吉と落ち合った。

両国橋西詰はいつも大賑わいだ。万にひとつ猪之介の目や耳に出くわしても、ここならなんとでも言い逃れができる。両国は、弐吉の縄張りとはかかわりがないのも好都合だった。

折り鶴は二層造りの建家《たてや》を大川に映す堂々とした料亭である。裏木戸の親爺に名を告げたら、心得顔で新三郎と伝吉を裏座敷に案内した。

部屋に入ると、弐吉が床の間を背にして座っていた。わきを野鼠の与一が固めている。

「久しぶりじゃないか、新さん」

新さんと呼ばれて背中がぞくっとしたが、新三郎も笑いかけた。

「あんたから呼びが飛んできたということは、いよいよ猪之介がいけないのかい」

「そうじゃねえんですが、折り入って親分と掛け合いてえことがありやしてね」

新三郎が弐吉の膝元まで近寄った。

折り鶴が使えると分かったことで、新三郎の企みがしっかりと形を作った。料亭の仲居を使うには、弐吉の助けなしでは成り立たない。

「こんな大見世《おおみせ》に顔が利くんですかい」

「これぐらいは新さん、なんでもないさ」

「うちの親分とは器量が違いやす」

新三郎の世辞を真に受けたらしく、弐吉がのっぺり顔をいやらしいほどに崩した。

「ここは親分のシマではありやせんでしょうに、なんで好き放題に使えるんですかい」

新三郎の追従《ついしょう》めいた問いに、弐吉が小さな身体を反り返らせた。

「あんたにならわけを聞かせてもいい」

弐吉が突き出した盃に、与一が両手持ちにした徳利の酒を注いだ。

先月初め、弐吉と与一は連れ立って折り鶴に遊んだ。梅雨のさなかでもあり、めずらしく客がいなかった。

弐吉は森田町《もりたちょう》の札差《ふださし》、信濃《しなの》屋市左衛門《いちざえもん》から折り鶴の女将に顔つなぎをされていた。

料亭遊びの渡世人は金遣いが荒いとは分かっていたが、仲居は二階には上げず、板場近くの八畳間に案内した。

「どうぞごひいきに願います」

女将が作法通りのあいさつをしているとき、すぐわきから悲鳴が聞こえた。

騒ぎは若いふたりの板場だった。仲居の取り合い話がもつれたことで、刃物沙汰《ざた》を起こしたのだ。

出刃《でば》と柳刃《やなぎば》が斬り合った挙句、刃先の長い柳刃が相手を刺し殺した。
料亭のなかが大騒ぎになった。仲居がしらまでがうろたえて、口がきけなくなってい
る。間のわるいことに、弐吉たちのほかには客がいなかった。
「いいから任せな」
弐吉は野鼠の与一を働かせて、料亭の外に漏れることなく片付けた。
「お礼の申し上げようもございません」
「どうてえことじゃないよ」
小さな身体をのけぞらせて帰る弐吉を、女将が桟橋まで送った。三日過ぎた夜、弐吉が
与一を連れて折り鶴に顔を出した。
「部屋はあるかい？」
弐吉の顔を覚えていた下足番は、すぐさま仲居を呼んだ。この夜はすべての座敷が塞《ふさ》が
っていた。が、弐吉は凄みもせずに部屋をひとつ用意させた。
遊んだ払いはきちんと済ませたし、声を荒らげるわけでもない。しかし渡世人に出入り
され始めたのは、折り鶴には痛手だった。
大店の旦那衆や札差、武家などが隠れ遊びに使う料亭である。女将は奉公人と出入り商
人に固く口止めをして、折り鶴の内情が弐吉の耳に漏れないように気を配った。が、そん

なことは露ほども見せず、女将は弐吉に逆らわず受け入れた。

弐吉はここで大事にされていると、いまでも思い込んでいる。話を聞き終わった新三郎は、神妙な顔を弐吉に向けた。

「でけえゼニ儲けの絵図を描いてきやした」

「それは早く聞きたいねえ」

「ちっとばかり、折り鶴さんの手をわずらわせることになりやすが」

新三郎が粗筋《あらすじ》を話し始めた。

日本橋の呉服大店千代屋に、銀次という名の手代がいる。炭町の師匠藤村柳花のもとに出入りしているが、柳花は新三郎の言うことならなんでもきくはずだ。

折り鶴の仲居などを弟子に仕立てて、千代屋から反物をかすめ取る。反物、襦袢、帯を二十人分も曲げれば、ひとり二両としても四十両の稼ぎにはなるだろう。

反物のままかすめ取れるように、仕立ては柳花の馴染み職人に頼みたいと持ちかける。

「反物をいただけば、柳花は用なしでさあ。あとは親分とこの蹴転《けころ》に沈めてくだせえ」

野鼠の与一が身を乗り出してきた。しかし弐吉はキセルを持ったまま顔を動かさない。

一服吸い込んだ煙を吐くと、キセルを煙草盆に叩きつけた。

「おもしろみのない趣向だねえ」

横柄《おうへい》に言い捨てた。新三郎は問いかけることもせず、弐吉を見詰めた。

「うまくいってもたかが四十じゃないか」

いままで見せたことのない目で、新三郎を睨みつけた。

「あんたはゼニよりも、銀次とやらを痛めつけたいのが本音だろう」

見抜かれた新三郎の目尻がぴくりとした。弐吉がいつもの顔に戻った。

「意趣返しに付き合わされるのは御免《ごめん》だが、筋書きを変えるなら乗るよ」

「変えるとはどういうことなんで」

「あたしならそうだねえ……呉服屋から千両はかすめ取る絵を描くさ」

筋書きを聞き終わったとき、新三郎は弐吉の知恵に感心していた。

「その筋書きでやらせてくだせえ。柳花の仕込みはあっしの仕事で、ひとと薬は親分にお任せしやす」

「この狂言は柳花の出来次第だ。あんたの閨《ねや》わざをあてにしてるよ」

弐吉と騙り話をまとめた次の日、新三郎の身体と指とが柳花を狂わせた。

「ゼニを手に入れたら、上方《かみがた》見物へとふけようじゃねえか」

「幾ら新さんの言うことでも、そんなことは絶対にいやよ」

「そうかい……道中は好きなだけ可愛がってやるぜ」

「あたしを安く見ないで」

柳花は息巻いたが、半刻と持たなかった。

「ほんとうに幾日か寝込むだけで、元通りに治ると約束できるの」

「あたりめえだ。大事なおめえの身体のことだぜ、万にひとつもしくじるもんかよ」

柳花の乳首を軽くつまんだ新三郎が、赤い唇をぺろりと嘗めた。

弐吉の筋書きでは、柳花が主役である。

柳花の着物だけを急がせて、職人から千代屋に届いたら柳花が出向く。仕立て上がりを試し着するとき、柳花は隠し持った絹針で二の腕を刺す。針にはわずかな毒が塗ってある。

着物に残っていた針に刺されて客が倒れたとなれば、千代屋には生き死にの騒ぎだ。すぐに町医者を呼ぶだろうが、針の毒にまで気が回るわけがない。毒を見出す術《すべ》もない。

頃合いを見計らって、新三郎の息のかかった者が出向く。銀次と千代屋を脅し、穏便《おんびん》に済ませるかわりに千両を脅し取る。

これが仕掛けの大筋である。

「千代屋との掛け合いは、おれがじかにやりてえ」

「駄目だよ新さん。そんなことをしたら、肝心なところで騙りがバレバレじゃないか」

「でえじょうぶだ、親分。ばれようがどうしようが、おれは千両きっちり巻き上げるぜ」

どうあっても譲らない新三郎に、最後は弐吉が根負けした。

仕上げは一番の楽しみどころじゃねえか。ひとに任せてたまるかよ……。

銀次をいたぶる場を思い描いて、新三郎は何度も暗い笑いを浮かべた。


柳花はここまで見事に役どころを演じた。明日が仕立て上がりの日である。弐吉が手に入れた、烏頭《うず》の毒も新三郎の手元にある。

深川の仕立て職人には、弐吉一家に出入りしている女衒《ぜげん》の鉄太郎が、そのまま鉄太郎という名の職人に成りすましている。

千代屋に届ける柳花のあわせ、襦袢、帯は、根岸屋に因果を含ませて仕立てさせた。

この騙りがほころびるとすれば、与ノ助、九郎吉、柳花のいずれかである。

九郎吉という縫《ぬ》い目がほころびることはないと、新三郎は踏んでいた。清住に暮らす限り、新三郎を敵に回す恐さを九郎吉は身体で分かっている。

柳花は騙りの主役だ、お縄になれば首が飛ぶ。たとえ新三郎に捨てられても、自分からボロを出して首を差し出す真似はしないと読んだ。

与ノ助がもっとも危ない縫い目だ。ゆえに詳しいことはなにひとつ教えていない。しかし助かるためなら、相手が気に入る作り話をやってのける悪知恵と口とを持っている。柳花が倒れたら、炭町まで千代屋のだれかが急を知らせてくるだろう。

柳花の相手をする銀次が、店を動けるはずがない。茂助は歳だ。

残るは与ノ助……新三郎は与ノ助が炭町まで飛んでくると判じた。

脅しで口を閉じさせておき、折りを見て伝吉に片付けさせる……。

思案を定めた新三郎は、柳花をうつ伏せに寝かせた。

背中から、ゆっくりと唇を下に這わせていく。股を撫でていた左手が、焦《じ》らせながら尻から内へと下りた。

夕立がやんで、部屋が明るくなっている。夕暮れの薄明かりのなかに、剝《は》ぎ取られた緋《ひ》色の湯文字が妖《あや》しく香り立っていた。

十

鉄太郎が仕立て上がりを届けてきたのは、八月二十二日の五ツ（午前八時）前だった。

「深川の鉄太郎が、お納めものを持ってまいりましたと伝えてくんなさい」

日除《よ》けの暖簾《のれん》を垂らしていた、小僧の佐吉《さきち》に用向きを伝えた。今日がどんな日であるかは小僧もわきまえている。佐吉は素早く店に入り、反物調べをしていた銀次に伝えた。

「朝早くからご苦労さまです」

土間まで迎え出た銀次は、鉄太郎を伴って帳場わきの小部屋に入った。

ほどなく太兵衛が喜作と一緒に姿を見せた。

「千代屋太兵衛です。このたびはうちの仕立てを請けていただけたそうですな」

下職《したしょく》にあるじが会うことなど、ほとんど例がない。三月には根岸屋と向かい合ったが、あのときは火急のことを控えていた。

二十七枚の仕立てを頼んでいるとはいえ、鉄太郎は一介の職人である。太兵衛が出てきたことに銀次が驚いた。

が、銀次が千代屋の作法を知らないだけだった。

「初めてお願いした職人さんからの初納めは、あたしとあるじとで吟味《ぎんみ》させていただくのが千代屋の定《き》めです」

「深川の鉄太郎と申しやす。昔にわずらった病《やまい》がもとで、耳が遠くなりやした」

太兵衛がわずかなうなずきを示した。

「そんなわけで、口不調法《ぶちょうほう》なのはお許しくだせえ」

鉄太郎の話し方は本人が言う通り、訥々《とつとつ》としたものだ。柳花宅で見た鉄太郎が無口だったのを、銀次はいま、あらためて得心した。

「それでは早速にも見せていただこう」

太兵衛に言われた鉄太郎が、畳紙《たとうがみ》からあわせを取り出して衣桁《いこう》にかけた。遠目から、柄合わせの仕立て具合を吟味するのだ。小紋だけに離れて見ると渋い無地に見える。

鉄太郎が裾を返した。さび朱の地にあしらわれた大小のあられ小紋が、渋い丹後縮緬の表地と鮮やかな色比べをなしている。

太兵衛と喜作から感心の唸《うな》りが漏れた。鉄太郎は、裾地と共布で誂えた帯を表地にあてがって見せた。

太兵衛がしっかりとうなずいた。

「よい仕上がりだ。これであれば、目の肥《こ》えた柳花様もお気に召してくださるだろう」

この取り合わせを勧めたのは茂助であり、決めたのは柳花だ。ふたりの目利きに、銀次は深い敬《うやま》いを抱いた。

「鉄太郎さん、衣桁から外してこちらにお持ちなさい」

着物をたたむ鉄太郎の手元を、喜作が見詰めている。畳み方も吟味のひとつなのだ。

鉄太郎は十年前のいっとき、本当に仕立て仕事に就いていた。しかし女衒が染《し》みついたいまの鉄太郎では、とても千代屋は騙《だま》せない。

新三郎は根岸屋九郎吉をつきっきりにさせて、仕立て職人の所作と勘とを取り戻させた。

ひとを見るからくて鋭い目を女衒で養った鉄太郎は、勘も鍛えられていた。九郎吉が舌を巻いたほどの短い間で、見事に職人らしさを取り戻した。

ただし仕立てにかかわる語句は、数が多過ぎて覚え切れなかった。

「半端なやり取りから、里がばれねえとも限らねえ。耳が遠くて口が不自由な職人てえことで通しな」

新三郎の編み出した手立てを、鉄太郎も安堵の思いで受け入れた。

太兵衛は着物の手触りを確かめ、袖付、裾回しに軽く目をやったあとで喜作に手渡した。

喜作の吟味は念入りである。両手に抱えて縫い方を確かめ始めた。

針使いは見事だった。脇はどこも手を抜かずに二度縫いして半返し縫いが施《ほどこ》されており、要所にはきちんと隠しじつけがなされている。

糸止めも玉止めではなく、手間だがしっかり止まるすくい止めと、返し止めのみを用いていた。

仕事には、隙も手抜きも見当たらなかった。

おぞましいほどに分かっていた。


「まことに念入りな仕事ぶりだ」

不自由な耳を気遣った喜作は、大きな声に身ぶりを添えて所見を伝えた。

喜作が感心したのもあたりまえである。九郎吉は、手の内でもっとも腕の立つ職人に仕事をさせた。手間はかかったが、この一枚をしくじれば新三郎がどう出るか、考えるのもおぞましいほどに分かっていた。


「おうい、こども衆《し》……」

帳場の隅から栄吉が駆け寄ってきた。

「お茶を持ってこさせなさい」

喜作は売場の茶ではなく、上得意客に出すものを言いつけた。小僧が台所に消えた。

「ていねいな仕事で安心しました」

「ありがとうごぜえやす」

太兵衛の声はさほどに大きくない。すぐさま応じた鉄太郎を見て、銀次は怪訝《けげん》な思いを抱いた。太兵衛も喜作も、気にもとめていない様子だった。

座を立った太兵衛が奥に入るのと入れ替わりに、おやすが茶を運んできた。職人を装う鉄太郎が、値踏みするような目でおやすを見た。これには銀次も気づかなかった。

「あとは銀次と詰めてもらいましょう」

茶が出たのを潮に、喜作も帳場に戻った。

残った銀次は、納めの期日、手間賃の額、材料費などを、手元の控えと照らしながら確かめ合った。店のなかほどから、与ノ助がふたりの様子を盗み見していた。


柳花は八ツ（午後二時）過ぎにあらわれた。

「柳花様がお見えでええす」

暖簾の前で待ち構えていた佐吉が、声を引っ張りながら伝えた。

間をおかずに柳花が入ってきた。

濃紺の絣《かすり》木綿に深紅のひとえ帯、黒の塗り下駄《げた》という着こなしである。店先にいた手代と小僧の目が柳花に集まった。

柳花は奉公人の目をしっかり気にとめている様子で、土間に立っていた。

店の右奥には与ノ助がいた。柳花が馴染み客としての笑顔を与ノ助に投げた。こわ張った笑いが返された。

「お暑いなかを、ようこそお越しくださいました。どうぞお上がりを」

銀次に促されて柳花が座敷に上がった。脱がれた塗り下駄を、小僧たちが取り合って揃え直した。

帳場の前で出迎えた喜作が、先に立って奥の客間へ案内した。太兵衛が廊下に立って待っている。極上客へのもてなし方だった。

客間へは太兵衛が案内して入った。

「千代屋太兵衛でございます」

「炭町の藤村柳花と申します」

太兵衛と柳花とは、この日が初対面である。

「本日はてまえどもまでお運びいただき、まことにありがとうございました」

太兵衛のあいさつが済んだところへ、おやすが茶と干菓子とを運んできた。

「まあ、きれいなお菓子だこと……これは鈴木越後《すずきえちご》さんの京菓子でしょう」

柳花がおやすに話しかけた。

「おっしゃられます通り、鈴木越後にひとをやって調えました」

鈴木越後は本町《ほんちょう》の京菓子老舗で、公儀御用達《ごようたし》で知られている。太兵衛が柳花の物知りを誉めた。

干菓子のやり取りで場が和《なご》んだ。柳花ならではの人あしらいだった。

「それでは、仕立て上がりをお召しいただきましょうか」

話がひと段落したのを見計らって、喜作が促した。

「じつは柳花様……」

太兵衛が極《きま》りわるそうに話しかけた。

「お着替えいただくはずの部屋のふすまを、うっかり傷《いた》めてしまいましたもので……まことに不調法ではございますが、てまえの家内の部屋をお使いいただけましょうか」

柳花が首を振った。

「いいえ、それではあまりに……さきほど、お茶と干菓子をお持ちになった方……」

「おやすのことでございましょうか」

「あの方はこちらにご奉公の方ですか」

「さようでございますが」

「それでは、そのおやすさんのお部屋を使わせてくださいな」

「奉公人の部屋など、滅相《めっそう》もございません」

喜作が顔色を変えて異を唱えた。

「あの方なら、着付けもお手伝いいただけそうです。ぜひにもおやすさんの部屋で」

柳花が譲らない。客に押し切られて、太兵衛も折れざるを得なかった。

おやすが座敷に呼ばれた。

「掃除も行き届いていませんので」

おやすが顔を赤くした。娘ならではのはじらいだろうが、あるじの言いつけでは断りようがなかった。

鉄太郎から納められた着物一式は、銀次がおやすの部屋まで運んだ。

部屋の前ではおやすが待っていた。包みを受け取るとき、包みの下の銀次の手をおやすが握った。

「それではお預かりします」

ふすまを閉じるおやすの口調は、愛しさに充《み》ちていた。

十一

客間に銀次が戻ると、太兵衛と喜作とが向かい合わせに座っていた。番頭が手招きして銀次をわきに座らせた。

「いやあ、驚きました。柳花様はいつもあのように、ものにこだわらない方なのかね」

感じ入った顔で喜作が問いかけた。

「定かには存じませんが、まことにさばけたご気性かと存じます」

「もとは深川のひとだったと与ノ助から聞いた覚えがあるが、それにしても艶のあるお方だねえ」

　喜作が言葉を重ねて柳花の色香を口にした。

「お出入り先にあのような方がいらっしゃると知って、おやすも穏やかじゃないかも知れないよ」

　銀次が苦笑して俯《うつむ》いたとき、廊下を駆ける足音が聞こえた。音の立ち方がただごとではなかった。

「旦那様」

　ふすまの外からおやすが呼びかけてきた。声の調子が差し迫っている。銀次が立ち上がってふすまを開けた。おやすの顔から血の気がひいていた。

「柳花様の腕に針が刺さりまして……」

　おやすがここまで言ったとき、銀次はすでに廊下に出ていた。

「待ちなさい。わたしが先に行く」

　おやすの部屋へ駆ける太兵衛を、喜作と銀次が追った。部屋では柳花が、左の二の腕を押さえてうずくまっていた。

「いかがなされました、柳花様」

　太兵衛が柳花のもとに駆け寄った。

丹後縮緬の左袖から襦袢を突き通して、針が柳花の腕に刺さっている。針の突き刺さり方は深かった。

「岡倉《おかくら》先生を呼びにやりなさい」

言われた銀次が売場座敷に走った。

おやすの部屋で異変が生じたことを知って、他の女中たちが奥から駆け寄ってきた。

「おきぬとおみよ、おまえたちはすぐに客間に床を取りなさい」

太兵衛に言いつけられたふたりは、返事をする間も惜しむように客間に向かった。

「あとの者はおやすの指図で動きなさい。取り急ぎ、大釜一杯の湯を沸かすんだ」

「かしこまりました」

おやすは年下の女中二人を連れて台所に向かった。

「素人が勝手に針を抜いたりすれば、ことをさらにわるくするかもしれません。医者がまいりますまで、針はそのままでもお痛みを我慢いただけますか」

耳元でたずねる太兵衛に、柳花が力なくうなずいた。

「戸板に乗せて柳花様を運ぼう」

喜作が帳場に駆け戻ると、店にいる奉公人たちが輪になっていた。

「奥で過《あやま》ちが生じたが、浮き足立ってはいけない」

喜作はなにより先に繁蔵と与ノ助を手元に呼ぶと、納戸から戸板を出しておやすの部屋に運び込むようにと指図した。ふたりは即座に動いた。

次に二番番頭の作次郎《さくじろう》と三番番頭誠之助《せいのすけ》、それに店売り手代がしらの半四郎《はんしろう》を帳場わきの小部屋に連れて入った。部屋に入る前に喜作は売場を見渡した。百畳の広い座敷に十四、五人の客が戸惑い顔で座っているのが見て取れた。

「半四郎は他の手代と手分けして、お客様にうまく事情をお話し申し上げたうえで、できるだけ早くお引き取りくださるようにお願いしなさい」

「かしこまりました」

小部屋を出た半四郎は店売り手代を伴い、すぐさま売場座敷に戻って行った。

「岡倉先生の診立《みた》てを聞くまでは確かなことは言えないが、お客様にお帰りいただき次第、店は閉める。作次郎はこどもを指図して、戸締まりと店の掃除をさせてくれ」

二番番頭が顔を引き締めてうなずいた。

「おまえには外回りの手代をみてもらう。まだお得意様から戻っていない者はいるか」

「今日は二十二日の締め日でございますから、全員店におりますが……」

問われた三番番頭の誠之助が、ためらい気味の返事をした。

「そうだった……それを忘れるとは、あたしもいささか動転している」

喜作は深い息を何度か繰り返して気を落ち着けた。

「だとすれば誠之助、用が起き次第すぐにも動けるように、外回りの者はおまえのそばに集めておいてくれ」

誠之助も二番番頭同様、口元に力をこめて喜作の言うことを受け止めた。

指図を終えた喜作が奥に戻ると、繁蔵、与ノ助が戸板に柳花を乗せていた。柳花の顔色がさらに蒼ざめて見えた。

柳花の容態が気がかりな銀次は、指図されないまま戸板の担ぎ手に加わり客間に運んだ。女中の手ですでに床が延べられていた。繁蔵、与ノ助、銀次の三人がかりで柳花を布団へと移した。

千代屋の侍医《じい》岡倉宗庵《そうあん》は、四半刻（三十分）も経たぬうちに飛んできた。大きな薬箪笥《だんす》を供の弟子が提げている。

「様子が分からぬゆえ、薬箱のみを持参いたした」

着くなり柳花の脈を診た。宗庵の顔が引き締まった。

「太兵衛殿、起きたことの子細を聞かせてくだされ」

宗庵は三十年来の侍医で、先代の臨終にも立ち合っている。今年で六十になる宗庵は、日本橋本船町に診療庵を開いており、魚河岸や商家から重宝がられている。しかし近頃では、宗庵そのひとに衰えが見え始めていた。

太兵衛も気づいてはいるが、いまのような急場には、やはり宗庵が頼みであった。

「着物に、残り針がありましたようで」

「こちらで仕立てられた着物に、か？」

うなずく太兵衛の目に深い陰があった。

「それが二の腕に刺さってしまいました。抜いたものか判じられませんもので、いまもそのままに」

宗庵が柳花の腕を取り、刺さったままの針と二の腕の周りを子細に診た。

「血の筋にまで刺さっておる」

宗庵の指図を受けて、弟子が薬箪笥から綿を取り出した。

「焼酎《しょうちゅう》をお持ちいただけますか」

台所から戻っていたおやすが、徳利に焼酎を酌《く》み入れてきた。それに浸《ひた》した綿を手にして、弟子が宗庵のわきに座った。

腕をつぶさに診たあと、宗庵が一気に針を引き抜いた。白い腕にじわっと血が滲み出た。弟子から受け取った綿で、宗庵が血を拭い取った。

「針は血筋深くまで刺さっておった。素人が手を出すと、大事に至ったやも知れぬ」

宗庵が太兵衛の見定めをよしとした。

「この針に心当たりはござるか」

針を受け取って、太兵衛の顔色が変わった。針は絹まち針だが、紛れもなく千代屋の手代が持ち歩くものだった。

千代屋のまち針は長さ一寸三分(約四センチ)。針のあたまが玉ではなく、平らに潰された別誂えである。この針が柳花に刺さったということは、仕立て職人の手落ちではないということだ。

「これは紛れもなく、てまえどもの絹まち針でございます」

部屋に詰めただれもが顔色を失った。

鉄太郎から着物を預かったのは銀次である。千代屋のまち針であるなら、鉄太郎の残り針ではない。おやすの部屋に届けるまでの間に、手違いをして針を紛れ込ませたことになる。


与ノ助はまるで違うことを考えていた。

いつだか新三郎に、包みを面白半分に調べられたことがある。

「なんでえ、この針は。あたまが潰れてるじゃねえか」

「てまえどもが別に誂えさせたまち針です」

「呉服屋は針まで別誂えかよ」

「それが大店の格ですから」

つい新三郎の前で胸を張ってしまった。それが気に障ったらしく、新三郎に取り上げられた。

刺さっていたのは巻き上げられた針に違いないが、でもなぜそれが柳花に……そうか、これは新三郎が仕組んだ狂言だ……。

与ノ助は蒼い顔のまま、胸のうちで謎を解いた。なにも聞かされてはいないが、新三郎が銀次に狙いを定めていることは察していた。

これで銀次が暇を出される……。

こう読んだ与ノ助は、驚いたふりを続けることに決めた。

「針が刺さっただけのことであれば、さほどの大事には至るまい」

「ですが先生、それにしては柳花様の容態がよくないように思えますが」

「いきなり血筋にまで針が刺さったことで、気が動転したんじゃろう」

太兵衛の顔は得心していなさそうだ。が、宗庵は帰り支度を始めた。

「この部屋は風が通る。しばらくこのまま休ませれば、夕方には治るじゃろう。あとで薬を取りにだれかを寄越しなさい」

宗庵が帰ったあと、太兵衛は柳花の枕元に座った。

「医者はあのように申しましたが、お加減のほどはいかがでございますか」

「針が刺さってびっくりしましたが、具合がわるいわけではありません」

「それはなによりでございました」

「ご心配をおかけしたようで、かえって申しわけなく……」

言っている途中で、急に柳花の息遣いが苦しそうになった。

「柳花様、柳花様……」

問いかけても柳花は答えない。

「すぐに宗庵先生を呼び戻しなさい」

繁蔵が部屋から飛び出した。

銀次は声もなく柳花を見詰めている。太兵衛と一緒に枕元に座っているおやすは、手を握って柳花の名を呼び続けた。喜作はおやすの肩越しに、柳花の容態を見やっている。

狂言にしては度が過ぎる……思いをさとられないように気を払う与ノ助は、みなに合わせて案じ顔をこしらえた。

半開きにされた障子戸から、夕風が流れ込んでくる。夏の気だるい夕暮れどきに、柳花の名を呼び続けるおやすの声が客間に響いた。

十二

雨戸が閉じられた千代屋の客間で、五本の百目蠟燭《ろうそく》が明かりを放っていた。柳花の容態が一歩ずつ、わるい道を歩んでいる。枕元にはおやすひとりが残されていた。

柳花が喘《あえ》ぎ声をあげるたびに、おやすが呼びかけた。宗庵が指図したことである。

「容態がすこぶるわるい」

急ぎ呼び戻された宗庵は、いきなり悪化した柳花を診てむずかしい顔を見せた。

「針が刺さったぐらいでは、ここまでひどくなるはずがない」

「先生のお診立ては？」

「この夜に峠がくるやも知れぬ」

「そこまでよくないのですか……」

太兵衛の顔に深いしわが刻まれている。喜作ですら、こんな顔のあるじを見たことはなかった。

「針の傷口から病のもとが入ったとするには、容態の進み具合が早過ぎる。針に何か、わるいものがついていたとしか思えぬがの」

「わるいものとおっしゃいますと……」

「たとえて言うなら、何かの毒だ」

宗庵の目も声も厳しかった。

「針が刺さってわずか一刻の間に、乱れた息遣いが生じて、そのうえ脈が弱くなった。顔色も土気色《つちけいろ》で、吐く息に胃の腑から出る臭いがある。短い間にこれらが幾つも重なるのは、尋常な病ではない」

老いたとは言え、きっぱりした口調で宗庵が診立てを示した。

「どうしても本船町に戻らねばならん。様子が変わったときには、この頓服《とんぷく》を飲ませなさい。わしが駆けつけるまでの引き止めにはなるはずだ」

いま宗庵に帰られては大きな不安が残る。しかし医者のひとり占めはできなかった。

「このあとも、部屋にはかならずだれかが付き添うようにしなさい」

宗庵はこう言いながらおやすを見た。

「付き添いはおなご衆がいい。大変だが、朝まで寝ずの番を頼みますぞ」

おやすが宗庵の目を見てあたまを下げた。

「気が遠のくのが、なによりもわるい。絶やさず話を続けて、病人の気をとどめなさい」

医者に言いつけられたおやすは、手洗いもこらえて容態を見続けている。柳花の気がはっきりしているときは、様々に話しかけた。

柳花様によもやのことが起きたら、銀次さんが大変なことになる……。

この恐れがおやすを看病に駆り立てていた。

おやすを除く奉公人が、店の座敷に集められた。

「喜作がすでに話した通り、有り得ない過ちが起きた。いまはわけをあれこれ詮議するより、どう収めるかが大事だ」

雪洞《ぼんぼり》の薄明かりしかない座敷では、太兵衛の顔色は読み取れない。喜作も銀次も、あるじの言葉に気を集めた。

「与ノ助は」

「ここにおります」

奉公人のなかほどで与ノ助が立ち上がった。

「おまえはいますぐ炭町をおたずねして、柳花様のお留守番にお話ししてきなさい」

「かしこまりました」

「さき様からご指示をいただいたら、たがえずわたしに聞かせなさい」

しっかりとうなずいた与ノ助は、そのまま土間に下りた。太兵衛は与ノ助の動きには構わず、話に戻った。

「栄吉と佐吉は、いつでも宗庵先生を呼びに行ける支度で座敷に詰めているように」

番頭ではなく太兵衛からじかに指図をされて、ふたりの小僧が身体を固くした。

「あとの者は喜作たちの指図で動いてもらうが、それぞれが店の様子に気を払い、手の入り用に備えていなさい」

手代と小僧が声を揃えて「かしこまりました」と返事をした。

話に区切りをつけた太兵衛が、喜作を呼び寄せた。短い耳打ちを済ませると奥に戻った。雨戸を閉ざした千代屋は、なかがいきなり忙しくなった。


柳花の宿には新三郎と蛙の伝吉がいた。

「首尾よく運んでいりゃあ、そろそろ与ノ助が飛び込んでくるはずだ」

「ですがあにい、もしも銀次が来たらどうしやすんで」

「そんときは、段取り違いのひと幕が開くまでだ」

「あにいの口ぶりは、銀次に来てもらいたがってるようですぜ」

新三郎の目に浮かんだ憎しみの色が、伝吉の軽口を閉じさせた。気詰まりを払おうとして大きな伸びをしたとき、潜《くぐ》り戸が乱暴に開けられる音がした。息を切らせた与ノ助が飛び込んできた。

「遅かったじゃねえか」

伝吉が立ち塞がった。

「やはり、あんたの企みだったのか」

与ノ助は伝吉を相手にせず、新三郎を睨みつけた。

「柳花をどうするつもりだ。たとえ狂言にしても度が過ぎる」

「狂言とは言ってくれるぜ。おめえも存外、ものがめえねえ野郎だな」

「なんだと……違うと言うのか」

「柳花がひっくりけえったのは正味のことよ。今夜のうちに死ぬぜ」

新三郎がさらりと言い放った。

「死人が出るんだよ、与ノ助さん。もうてめえだけ知らぬ顔はできねえぜ」

「そんなばかな……あたしには、なにひとつかかわりのないことだ」

「だったら番所でそう言いな。おれはこっちの絵図通りに動くほうが得だと思うがね」

伝吉がひどい口臭を吹きかけてきた。与ノ助は膝が抜けて、その場にへなへなとしゃがみ込んだ。

「てめえも命が惜しけりゃあ、おれの言う通りをあるじに伝えろ」

新三郎が与ノ助のそばに寄った。

「手違いさえ起こさなきゃあ、てめえにもでけえゼニを摑ませてやるぜ」

与ノ助に覚えさせた筋書きは、さしてむずかしいものではなかった。

柳花の家に行ったところ、手伝いの下女しかいなかった。柳花の身寄りは、傳法院《でんぽういん》裏に住む新三郎という弟しかいない。すぐにも下女が新三郎の宿を訪ねるが、場所をうろ覚えなので見つけるのに手間がかかる。

それでもかならず見つけ出して、今夜のうちに千代屋に急げと伝える。

「ところがおれは、朝の五ツ（午前八時）までは顔を出さねえ。なぜだか察しがつきますかい？」

いやらしい口調で訊かれても、与ノ助に分かるはずがなかった。

「柳花は今夜いっぺえは持たねえはずだ」

「…………」

「夜中に死人が出たとなりゃあ、あるじは色々と思案を巡らせるだろう。なんで死んだかの元をたどると、手代がおかした不始末に突き当たる」

「それは……銀次だ……」

「そうよ、あいつが間違いをしでかして、柳花がぽっくり死んだてえわけさ」

「それで銀次はどうなるんだ」

「それは千代屋のあるじ次第さ。死人の枕元で、あるじは考《かんげ》えることが山ほどあるぜ。朝までつらあ出さねえのは、思案をするときをたっぷり差し上げましょうてえ寸法よ」

新三郎が悦に入って話している。与ノ助の顔にも暗い笑いが浮かんでいた。

「明日は朝からおもしろい芝居が見られるぜ」

「話は呑み込めた」

「だったら早くけえれ。おれたちもここからふける」

夏の夜の生ぬるい風が、京橋から炭町に流れてきた。

十三

銀次は針のむしろに座らされ続けていた。太兵衛も喜作も残りの番頭も、銀次にはなにひとつ指図を与えない。他の奉公人たちが立ち働いているだけに、声がかからないのはつらかった。

だれもが起きたことを誤りなく知っている。千代屋のまち針が紛れ込んでいたことが何を指し示すのか、だれに責めがあるのか、口には出さないが分かり切ったことだ。

銀次にも分かっていた。

銀次はすぐに、自分のまち針を数えた。一本も失《な》くしてはいなかった。

鉄太郎から預かったあわせは、ほつれや残り針などがないようにと、念入りに調べた。

まち針が紛れ込むことはない……。

銀次は断言できた。しかし過ちは起きた。

辻褄《つじつま》は合わないが、騒動の起こりは自分以外に考えられないと思った。喜作と目を合わせても、相手が目を逸らせる。千代屋に来てから、初めてのことだった。

時折り顔を見せる太兵衛は、銀次にはひとことも声をかけない。あたりまえだと思うかたわらで、あるじに見捨てられた気がして重く沈んだ。

おやすひとりが銀次を支えようと懸命だった。おやすは理屈抜きに、銀次が過ちをおかすわけがないと信じ切っている。

柳花の看病で閉じこもっていても、奉公人たちの気持ちの動きは伝わってきた。骨身を削って働いてきた銀次を、太兵衛や番頭が避けているのが悲しかった。

千代屋で居場所のなくなった銀次は、容態を案じて幾度も客間に顔を出した。

「どうですか、柳花様は」

「あまりよくないわ」

おやすの声に明るさはなかった。

「でも銀次さん、あなたの過ちじゃないことは、わたしには分かっています。きっとなにか、ほかのわけがあるに決まってますから」

銀次を見詰めて言い切った。


柳花はときどき気が遠くなりながらも、針を刺してからのひとの動きは分かっていた。容態を診た宗庵が、今夜が峠だと口にしたのもはっきりと聞いた。

息苦しさと震えとが、身体の中で暴れている。どれほどあがいても、新しい力が湧き上がってこないのだ。

わたしはこのまま死ぬんだわ……。

柳花はすでに死を覚悟していた。覚悟を決めると、様々なことが見えた。

新三郎の筋書きを聞かされたとき、殺されるかも知れないと怯《おび》えを抱いた。いま、その怯えたものが目の前まで迫ってきた。

やはりそういうことだったのね……胸のうちで、力なくおのれを嗤《わら》った。

深川芸者のころのこと。あっけなく溺れ死んだ丸高屋清兵衛のこと。そして与ノ助と新三郎のこと……。

どれを思い返しても、柳花は心底からひとを愛しく想う生き方を味わえないできた。おやすという娘はこころの底から銀次さんを想い、そして案じている。わたしは騙《だま》されて殺される。死ぬのは怖い。どうしてわたしだけが死ななければならないの……。

気が遠くなりかけると、おやすの声に呼び戻された。銀次を想うおやすの気持ちに揺さぶられても、ひとり死ぬ悔しさが勝《まさ》った。

まだ死にたくない。こんなばかな死に方なんかいやよ……。

悔しさが、柳花の気を引き留めた。が、それも次第にできなくなった。身体がついて行けなくなり、喘ぎがこぼれた。

容態が変わった柳花に驚いたおやすは、客間を飛び出して太兵衛を呼んだ。

駆けつけた太兵衛が、覚悟の色を浮かべた。

「佐吉を宗庵先生のもとに走らせなさい」

「はい」

飛び出すおやすと駆けつけた喜作とが、部屋の入口でぶつかり合った。

「柳花様……」

喜作が絶句した。あとのことに考えを巡らせているのか、太兵衛は微妙に醒《さ》めた目で柳花を見ている。

「ここはわたしが見る。だれもここに寄越さないように」

「かしこまりました」

「おやすにも、自分の部屋で先生を待つようにと言っておきなさい」

喜作が部屋を出た。苦しげな息のもとで、柳花がなにか言おうとしている。

「柳花様……太兵衛です、分かりますか」

太兵衛が頓服を飲ませた。柳花がなにかつぶやいている。口元に耳をつけ、柳花の声を聞き取る太兵衛の顔色が変わった。

銀次は帳場わきの小部屋に座り込んでいた。この場所から長い一日が始まったのだ。

奥から太兵衛が姿を見せた。暗いなかで、みなの目が太兵衛に集まった。

「茂助を寄越しなさい」

喜作に言いつけて、そのまま奥に戻った。喜作は大声で茂助を呼び寄せると、太兵衛のもとへ急がせた。

「旦那様、茂助でございます」

「入りなさい」

柳花の顔に白布がかけられている。

「こっ、これは……」

「落ち着け、茂助」

茂助を枕元まで呼びつけた。太兵衛が話し始めると、茂助は顔色をなくした。しかし次第に気を取り戻した。

話の合間に、白布のかけられた柳花にちらりと目を向け、大きくうなずいた。

「木戸が閉まるまでには、なんとかさき様までうかがえるだろう」

「すぐに出かけます」

返事の前に茂助は立ち上がっていた。

「宗庵先生が見えたら、先生ひとりで部屋に来てくれるようにと、喜作から間違いなく伝えさせてくれ」

「へい」

職人のような返事を残して、茂助が部屋を出た。柳花の枕元で、太兵衛は長い二本の線香に火をつけた。

細い煙が立ち上り、静まり返った部屋を線香の香りが充たし始めた。

十四

急を告げられた宗庵は、老軀《ろうく》を駆って四ツ半（午後十一時）過ぎに走り着いた。

「あるじが先生おひとりでお越し願いたいと申しております」

喜作から伝えられた宗庵は、弟子から薬箪笥を受け取ると客間に急いだ。断りを言う間も惜しみ、ふすまを開いた。

「遅かったか」

白布がかけられた病人の枕元で、太兵衛がうなだれていた。

「頓服も役には立たなかったようじゃの」

手に提げた薬箪笥が畳に下ろされた。柳花にかけられた白布を取り除き、医者としての務めを始めようとしたとき、太兵衛が止めた。

「先生、折り入ってのお願いがございます」

宗庵ににじり寄ると、耳打ちを始めた。

「まことか、それは」

顔色の変わった宗庵が、医者らしくもない声をあげた。

「先生、お声が」

「済まぬ。あまりのことに取り乱した」

詫びたあとは、太兵衛の話が終わるまで口を閉ざしていた。

長い話が終わったところで、宗庵は柳花を子細に見た。深い溜め息を吐き出し、白布をかぶせ直した。

天井を睨みつけながら、宗庵は思案を巡らせているようだった。太兵衛は枕元から動かず、医者が定《き》めることを待っていた。

「そなたの思案通りにいたそう」

「ありがとうございます」

「みなを呼び集めなさい」

宗庵に一礼を残して部屋を出た太兵衛が、喜作を呼び寄せた。

「奉公人はどうしている」

「みなが売場座敷に控えております」

「番頭ふたりとおもだった手代を、この廊下に集めなさい」

指図を受けた喜作は、顔を引き締めて売場座敷に戻った。間をおかずに手代たちが廊下に揃った。なかに銀次の顔もあった。

宗庵が部屋から出るとき、顔に白布をかけられた柳花が見えた。奉公人から圧《お》し殺した声が漏れた。

「手を尽くしたがこの始末となった。追って太兵衛殿より指図があろうが、軽はずみな振舞は厳に慎《つつし》んでいただく」

だれもが声もなくうなずいた。喜作が廊下に立ったまま柳花に向けて合掌《がっしょう》した。ほかの番頭や手代たちも喜作にならった。ひとり銀次だけが、部屋に目をやったままだった。

「与ノ助の話では、柳花様には弟さんがいらっしゃるそうだ」

宗庵にかわって太兵衛が口を開いた。

「急の知らせにひとが動いているが、いつお見えになるかは分からない」

太兵衛が二番番頭の作次郎を手招きした。

「おまえからこどもたちに、潜り戸の前で夜通しの番をするようにと言いつけなさい」

「かしこまりました。すぐに指図いたします」

小僧たちのもとに戻ろうとした作次郎を太兵衛が引き止めた。

「わたしは先生と部屋に詰めている。弟さんが見えたら、いつなんどきでもわたしに通すようにと念押しをしておいておくれ」

「うけたまわりました。それではすぐに……」

太兵衛がうなずき、作次郎が売場座敷に戻って行った。

「ほかの者は、喜作の指図で動きなさい」

言い終えたあるじは宗庵とともに部屋に戻り、ふすまを閉じた。が、すぐにまた開いた。顔を出したのは宗庵だった。

「おまえはわしのそばに詰めていなさい」

弟子の又四郎《またしろう》が呼び入れられた。

のろい歩みでときが過ぎて行く。真夜中を過ぎても千代屋の戸は叩かれなかった。

六ツ（午前六時）の鐘が日本橋呉服町に流れてきた。通りを挟んで向かい合う河内屋から、竹ぼうきを手にした小僧がふたり顔を出した。

「おかしいなあ、千代屋さんがまだ閉まったままだよ」

「きのうも早くから店仕舞いしてたよね」

「きっとなにかあったんだ」

千代屋を指さして、ひそひそ話を交わした。

千代屋の潜り戸前では、五人のこどもが寝ずの番をしていた。夜明け前に居眠りを始めた満吉が、となりの小僧に小突《こづ》かれた。

雨戸の隙間から差し込む朝日が、幾条《いくすじ》も土間に突き刺さっている。そうなっても、ひとは来なかった。

銀次は小部屋から動かずにいた。座ったままでいると、太兵衛から聞かされた柳花の弟のことに気が向かった。

ふたおやにも兄弟にも、銀次は縁が薄い。身内の情もほとんど知らずに育った。それでもいきなり姉を失った弟を思うと、息をするのもつらくなった。

おもてから流れてきた六ツの鐘を聞く銀次の顔には、いま生きていることを悔やんでいるような色がうかがえた。

同じ六ツの鐘を、おやすはかまどの火を見詰めながら聞いていた。

おやすは柳花を恨《うら》んでいた。

柳花様が死んだのは銀次さんのせいじゃない、とおやすは信じている。針も銀次さんのものとは違うとも思っていた。

きっとなにかわけがあるのに、なぜ柳花様はなにも言わずに死んでいったの……おやすは何度も、昨日の出来ごとを思い返した。

着替えを始めた柳花を間近で見たおやすは、細かなことまで思い出せた。

柳花様はなにかを思い詰めているようだった。なぜあんな顔をして、着替えを始めたんだろう……。

妙にぎこちなかった柳花の振舞が、いまでもおやすにはひっかかっている。

それをだれにも話せないでいることに、おやすは深い溜め息をついた。

千代屋のだれもが、息を詰めて弟があらわれるのを待っていた。

「ほんとうに女中さんは、弟さんを探しに行くと言ったんだろうね」

喜作は昨夜から何度となく与ノ助に問い質した。いまもまた、与ノ助を目で探していた。

そのとき、座敷の隅にいるのを見つけて、番頭が立ち上がった。

雨戸が乱暴に叩かれた。

十五

新三郎が千代屋の潜り戸を叩いたのは、八月二十三日、朝五ツ（午前八時）の鐘と同時であった。夜通しの番をしていた満吉が、潜り戸に飛びついた。

眩《まぶ》しい朝の光が、開かれた潜り戸からなだれ込んできた。その眩しさを背にした新三郎が、念入りに表情を拵《こしら》えて入ってきた。

「あっしは傳法院裏に住む新三郎てえもんだが、なんでもあっしの姉貴がこちらにやっけえになってるそうだが」

喜作が帳場から小走りに出てきた。渡世人が顔を出すとは思ってもいなかったのか、座敷のなかほどで足が止まった。

「様子が分からねえまま飛んできたが、だれか分かるひとに取り次いでもらいてえ」

考え尽くした台詞《せりふ》を新三郎が吐いた。低いがよく通る声である。足を止めていた喜作が新三郎にあたまを下げた。

小部屋に座っていた銀次にも、聞き覚えのある声が届いた。なぜ新三郎があらわれたのかは分からないまま、銀次が立ち上がって部屋から出た。

そのわきを、奥から出てきた太兵衛が通り抜けた。

「お待ち申し上げておりました。てまえが千代屋太兵衛でございます」

「ちょいと待ちねえ」

黒羽二重《はぶたえ》に着替えていた太兵衛を、新三郎が乱暴な言い方でさえぎった。

「なんでえ、あんたのなりは。そいつあ喪服みてえだぜ」

「…………」

「姉貴はどこでえ」

言うなり履物を脱ぎ捨てて、座敷に上がり込んだ。だれも止められない素早い動きで、新三郎が太兵衛の胸倉を鷲摑《わしづか》みにした。

「どこにいるんでえ。とっとと連れてけよ」

銀次が駆け寄り、新三郎の手をふりほどこうとした。太兵衛が目で止めた。

「なんでえ、銀次じゃねえか」

銀次を睨みつけてから、太兵衛を摑んだ手を離した。銀次が答えようとしたその口も、太兵衛が厳しい目つきで止めた。

「どうぞこちらへお入りください」

新三郎を客間へ招き入れる太兵衛の声には、いささかの乱れもなかった。

部屋には、顔に白布がかけられ北枕に寝かし直された柳花が横たわっていた。宗庵と又四郎が枕元に座っている。線香の香りが部屋の隅にまで充ちていた。

新三郎は枕元には近づかず、立ったままで柳花を見下ろした。

「どういうことでえ。なんで姉貴が、おろくになって寝かされてんでえ」

「新三郎さん、とりあえずお座りください」

ていねいな言葉遣いだが、太兵衛の語調には渡世人をも従わせる強さがあった。

「柳花様は昨日、てまえどもで新しいお召し物を試し着されました」

「だったらどうして、白布をかけられたりしてるんでえ」

「その折り、柳花様の左の二の腕に針が刺さってしまいまして……昨夜遅くにお亡くなりになりました」

　太兵衛はひとことずつ、新三郎の顔つきを確かめるようにして話した。

「なんで針が刺さったりしたんでえ。でえいちそんなぐれえで、人が死ぬわけがねえ」

「仕立て上がりの着物に、あやまって針が紛れ込んでいたようでございます」

「針が紛れ込んでただと？」

「もののはずみで、深く柳花様に刺さってしまいました」

　太兵衛が宗庵を招き寄せた。

「てまえどもの医者が申しますには、腕の急所に深く刺さったのが命取りになった、と」

「腕の急所だあ？」

　新三郎が目の端を吊り上げた。

「腕に急所なんざあるもんか。そんなちょぼいちをほざきやがって、てめえ、それでも本物の医者か」

「日本橋本船町の岡倉宗庵でござる。診立てに相違はない」

　新三郎を見据えて断言した。

「よろしければ、となりの部屋へとお移りいただけませんか」

　太兵衛は焼香も勧めなかった。

白布をかけられた柳花のそばにいたくないのか、新三郎は太兵衛の言葉に乗った。廊下に出たところで、太兵衛は喜作を呼び寄せた。

柳花が横たえられた部屋のとなりで、太兵衛は喜作をわきに座らせた。

「柳花様のおとむらいは、てまえどもの菩提寺で執《と》り行なわせてください。寺や町役人への手配りも、すべててまえどもでいたします」

太兵衛の話ぶりが、新三郎に口を挟ませない厳としたものに変わっていた。

「柳花様への償《つぐな》いは、葬儀のあとでさせていただきます。当座の費《つい》えとして、これをお納めください」

本両替大坂《おおさか》屋の封紙に包まれた、二十五両包みの切り餅ひとつを新三郎に差し出した。

「てまえの申し出をお受けいただければ、すぐにもひとを動かします。いかがでございましょうか」

新三郎相手に、商いの掛け合いでもするかのようにたたみかけた。

新三郎は太兵衛の変わりようを肌身で感じ取っていた。渡世人ならではの勘も働いた。

腕の急所たあ笑わせるが、銭でかたをつける気なら話は早いぜ……太兵衛から目を外さないまま、新三郎は知恵を働かせた。

食えねえ太兵衛てえ野郎が、描こうとしている絵図に乗ったほうがよさそうだ。それにしてもこのあるじは、堅気《かたぎ》の旦那とは思えねえ息遣いをしやがる……。

　様々に思い巡らせながら、新三郎は太兵衛と睨み合いを続けた。

「いかがでしょう、新三郎さん。てまえにお任せいただけますか」

　新三郎が目の光を強めた。喜作が腰を浮かせかけたほど、ふたりの睨み合いは張り詰めていた。

　いきなり天井裏から、ごそごそっと音がした。ねずみが走り抜けた音である。喜作が大きな息を吐き出した。部屋の気配がこれでゆるんだ。

「千両もらおうか」

　ふっと気がゆるんだところを狙いすませて、新三郎がカネを口にした。

「すべてあんたに任せるかわりに、千両もらおう。これできれいさっぱり忘れるぜ」

「分かりました、お支払いしましょう」

　太兵衛の答えに、ためらいはなかった。

「ただし、柳花様のお骨《こつ》を納めたあとに払わせていただきます」

「先延ばしにしようてえのか」

「てまえどもも、幾日も店を閉めるわけにはまいりません。この両日で手早くさせていただきますので、あさって二十五日の朝五ツに、もう一度お越しください。千両ご用意しておきます」

言い終えると太兵衛が立ち上がった。

「弟さんがお帰りだ」

太兵衛の気迫に気圧《けお》されて、新三郎も立ち上がった。太兵衛はすでに廊下にいた。

「だれかいないか」

呼ばれて奥女中のおきぬが駆けてきた。

「こどもに言いつけて、店の外まで送りなさい」

おきぬが先に立って連れ出した。太兵衛は新三郎の後ろ姿を見ようともしなかった。

「店を開けなさい」

「かしこまりました」

喜作がすぐに動こうとしたが、太兵衛に呼びとめられた。

「店を開けたら、縁起直しの盛り塩と撒《ま》き塩をしっかりやらせておくれ」

大きくうなずき、喜作は急ぎ足で店に戻った。奉公人たちが目で問いかけてきても、喜作は取り合わない。土間では新三郎が履物を履くところだった。

「こどもたち、すぐに板戸を開けなさい」

指図を待ちかねていた小僧が、すぐさま雨戸に手をかけた。

一枚目の板戸が開かれた。戸口で堰《せ》き止められていた陽が、千代屋の土間を明るく照らした。

その開いた戸口から新三郎が外に出た。小僧たちが、新三郎にあいさつをしたものかと迷っている。喜作が首を振った。

板戸がすべて開けられ、日除け暖簾も出た。

様々な厄介ごとを積み残しながらも、千代屋の新しい一日が始まった。

十六

新三郎が乗り込んできた翌日の八月二十四日六ツ半（午後七時）。店の座敷に、本船町志乃田《しのだ》の料理膳が並んでいる。燭台《しょくだい》には百目蠟燭が灯され、三十本のやわらかな灯が料理と奉公人の顔とを照らしていた。

太兵衛が奥から、上田縞《うえだじま》のひとえに角帯姿であらわれて上座に着いた。

「この二日間はご苦労でした。店を開けたまま納骨まで終えられたのは、みなが気持を合わせて執《と》り行なったからです」

太兵衛の口上に、奉公人たちが深々と辞儀をした。

「今夜は精進《しょうじん》落としだ。うるさいことはなしにして、料理を楽しもう」

太兵衛が膳の盃を手にした。番頭、手代もあるじに従った。

「いただきます」

祝いごとではない。酒も料理も静かに進んだ。与ノ助は善吉と言葉を交わしながら、小鉢の煮付けに箸《はし》をのばした。

銀次は茂助ととなり合って座っていた。めっきり口数の減った銀次を気遣い、茂助が引き立てるように話しかけていた。

太兵衛は形だけ料理に箸をつけながら、銀次の様子を目の端に入れていたが、ほどなく立ち上がった。

奥に入る手前で喜作を呼んだ。耳打ちされた番頭が、承知いたしましたと返事をした。その声が銀次にも聞こえた。

太兵衛は、ゆっくりやりなさいと言い残した。しかし奉公人たちが食べ終わるのに、暇はかからない。

「ご馳走さまでございました」

喜作にあいさつを終えた手代は、小僧や女中を手伝って台所に膳を運んだ。

「旦那様のお部屋にうかがうよ」

箸を置いた銀次に喜作から声がかかった。隅で片付けをしていたおやすが、心配そうな目を銀次に向けた。

軽くおやすを見たあとで、銀次は喜作に連れられて奥に入った。

太兵衛は客間で待っていた。あるじの前に座布団が出されている。

「座布団をあてなさい」

あるじが奉公人に座布団を勧めるなど、ないことだ。戸惑いながらも、銀次は言われるままに従った。

「この二日、おまえとは話もできないできた。避けていたわけではないが、ことがことだ。分かってもらえていたとは思うが……」

太兵衛がいつもの口調に戻っていた。言葉に詰まった銀次は、あたまを深く下げた。

喜作もあるじの口調に、安堵の色を浮かべていた。

「わたしなりに、このたびのことを何度も吟味してきた。その答えをいまから聞かせる。銀次、顔を上げなさい」

銀次が太兵衛と目を合わせた。あるじは静かな深い眼差《まなざ》しで銀次を見ていた。

「新三郎さんが柳花様の弟だというのは偽《いつわ》りだろう。おまえも昔はあの男とかかわりがあったのだろうが、いまそれを聞いても詮《せん》ないことだ」

太兵衛の口も目も穏やかである。銀次は身じろぎもせずに聞き入った。

「あの男は、千両という途方もない償いを口にした。そしてわたしは承知した」

千両と聞いて銀次が目を見開いた。

「業腹《ごうはら》だが千代屋に出せないカネではない。千代屋はあの男に騙《かた》られたということだ」

口を開きかけた銀次が、あるじの目を見て言葉を呑み込んだ。

「千代屋はカネを払えば済むが、柳花様は生き返らない。幾ら騙りに嵌《は》まったとはいえ、この責めはカネでは償えない」

太兵衛が大きな息をひとつ吐き出した。あとの成り行きを思った銀次が座り直した。

「新三郎が仕組んだことではあっても、おまえも責めを負わなければいけない。それがものの道理だ」

太兵衛は、新三郎と呼び捨てにしていた。

「カネの償いはわたしがする。おまえはうちから暇を出されることで、柳花様への責めを果たしなさい」

銀次が黙ってうなずいた。話の次第に、喜作のほうがうろたえていた。

「それともうひとつ、おやすとのことも諦《あきら》めなさい」

「はい……」

銀次の返事を受けてから、太兵衛は喜作に目を向けた。

「奉公人には明日の朝、おまえが折りを見て話しなさい」

「お指図に逆らうようですが、銀次に暇を出すことは、いま一度お考え直しいただけないものでしょうか」

思い詰めた顔で喜作が取り成しを言った。

「それを口にするおまえは、番頭頭取の本分をわきまえているのか」

静かだった太兵衛の目に怒りが宿っている。それでも喜作は食い下がろうとした。いたたまれなくなった銀次が喜作の袖を引いた。

太兵衛が目を鎮めて銀次を見た。

「仕掛かり途中のことは漏れなく喜作に引き継いで、あとを濁《にご》さぬように」

「……分かりました」

「喜作、朝の五ツには新三郎が顔を出すぞ。銀次のこ、こ、こ、ことはそれまでに、に、お、お、お、おまえの裁量で片付けなさい」

この言葉で打ち切りとなった。ふたりは無言のまま、奥から帳場に戻った。明かりがすっかり落とされて、帳場も売場座敷も闇だった。

ふたりが戻ってきた気配を察して、おやすが明かりを手にして顔を出した。

「ご苦労さん。もう休んでいいよ」

明かりを手渡すおやすの目が問いたげだ。喜作は取り合わずにおやすを帰した。

行灯《あんどん》ひとつの帳場で、喜作と銀次が向かい合った。部屋の暗さが、ふたりを鎮めてくれていた。

「このたびばかりは、旦那様のおこころが分からない」

言いかけた喜作を銀次がさえぎった。

「お願いです、そのうえは言わないでください。それより引き継ぎをお願いします」

梅雨明けから今日まで、銀次は柳花にかかり切りできた。出入り先の黒崎屋とたけよしからは、格別の誂えも受けていない。

喜作への引き継ぎはわずかな間に終わった。

「いまから言うことを黙って聞きなさい」

喜作が肚《はら》をくくった顔で話し始めた。

「おまえが暇を出されることは、もう変えようがない」

「取り成しを口にしていただいたご恩は、生きている限り忘れません」

「いまはそんなことを言っているときじゃない。あたしは、おまえとおやすのことを案じているんだ」

喜作が声を一段、低くした。

「おまえとおやすとが、このまま引き裂かれるのを黙って見過ごすのは忍びない」

「そんなことまで……」

「旦那様は、明日の朝五ツまでのことはあたしの裁量でいいと言われた。おまえもそれは聞いただろう」

「うかがいましたが……」

「だとすれば、おまえは六ツの鐘で出て行く支度を始めればいい。それまでどうするかは、あたしの好きにできる」

喜作が銀次を立ち上がらせた。

「あたしも今夜はここに泊まる。余計なことに気を回さず、朝まで過ごしなさい」

銀次に口を開かせず、おやすの部屋へと押し出した。

十七

「おやすさん……」

ふすま越しに小声で銀次が呼びかけた。間もおかずふすまが開き、明かりのない部屋から昼間着のままのおやすが顔を見せた。

暗闇のなかでふたりの顔が向き合った。何も言わず銀次が入る。おやすが後ろ手でふすまを閉じた。

柱に当たり、ふすまがトンッと音を立てた。

わずか一枚の薄いふすまだ。

しかしふたりを世間から切り離すには、充分の厚みであった。

おやすは閉め切るトンッの音にすべてを託し、銀次も身体でその音を受け止めた。いままでこらえてきた想いを、ふたりは一気に解き放った。

立ったままで、銀次はおやすの身体に腕を回して抱き締めた。おやすは力の限りでしがみついた。おやすの吐息が、銀次の胸元に熱く留《とど》まっている。

銀次は夢中でおやすの唇を求め、重なり合って夜具の上に倒れ込んだ。

銀次の手がもどかしげにおやすの帯をほどく。おやすは銀次の手に、指に、唇に、喜び震えながら身体をゆだねた。

初めて男を受け入れたおやすは、痛みに身悶えた。銀次はおやすを気遣いながらも、動きをやめられない。

「いいのよ銀次さん……好きにして」

おやすのささやきで、銀次のものが猛《たけ》り狂った。おやすから漏れる声が、少しずつ変わってゆく。

ふたりは何度も身体を重ねた。ときが容赦《ようしゃ》なく過ぎ去った。

激しかった営みが終わると、銀次は身体を起こして薄い壁に寄りかかった。

「旦那様に呼ばれたのは、よくないお話だったんでしょう」

銀次の胸のうちを察したのか、おやすが話の糸口を開いた。

「なにを聞いても驚かないから、隠さずにみんな話して」

明かりのない闇のなかで、おやすが銀次の胸に身体をあずけた。

「朝がきたら、おれは出ていくことになる」

なにを聞いても……と言ったおやすだった。しかし銀次が話したことは、覚悟を超えたものだったようだ。おやすが力いっぱい銀次にしがみついた。

銀次もおやすを抱き締めた。ふたりは言葉をなくしたまま抱き合っていた。

おやすはこぼれ出るなみだを拭いに、銀次から離れた。

「ここを出たあとはどこに行くの」

ふたたび銀次の胸にしがみついたまま、おやすが問うた。

「取りあえず堀先生にお知らせするつもりだ。道具箱もお預けしてあるし、先のことは先生にお会いしてから考える」

これだけ言うと口を閉じた。

堀正之介をたずねるというのは本当だ。しかしそれは暇乞《いとまご》いであった。道具箱を受け取ったあと、銀次は猪之介の宿に押しかけるつもりでいる。新三郎を操り、柳花を殺《あや》めたのは猪之介だと銀次は思い込んでいた。

おやすが愛しい。

しかし夜逃げした鏝屋《こてや》一家や殺された柳花を思うと、猪之介だけは許せなかった。これらのけりをつけることと、おやすへの想いとを同じ秤《はかり》には載せられない。

載せられないがゆえに、おやすにはすべてを話すことができなかった。

明け六ツまで幾らも残っていないことは、銀次もおやすも気づいていた。しかしふたりには、言葉を捨てて抱き合うほかに道がない。あっという間に夜明けがきた。

おやすが身繕いを始めた。銀次も同じことをした。

「この次に逢《あ》うときは、所帯を構える話をしましょうね」

ふすまに手をかけた銀次の背中に、おやすが精一杯の声をかけた。振り返った銀次はおやすを見詰めたあと、無言のまま部屋を出た。

後ろ手で銀次が音を立てずにふすまを閉めた。一枚のふすまがふたりを分けた。

銀次が座敷に戻ると、階段の下で喜作が待っていた。両手に銀次の持ち物を包んだ風呂敷を提げている。

奉公人とやり取りをしなくても済むようにとの、喜作の心遣いであった。

銀次は風呂敷ふたつを受け取り、すでに板戸が開かれている千代屋を出た。

銀次は一度だけ千代屋を振り返った。

そのあとは未練を断ち切るように、きびすを返して一気に歩き出した。

雲が重く風が強い。

「野分《のわけ》がきているようだ」

銀次と連れ立って歩く喜作が、ぼそりとつぶやいた。

「せめて橋番屋まで送らせておくれ」

日本橋を目指す喜作と銀次に、強い風が表通りの土ぼこりを吹きつけてきた。

「おやすのことは栄吉に聞けばいい。わたしから栄吉に、きちんと話をしておくから」

口のなかを土だらけにした喜作が、銀次を気遣って話している。銀次は黙ってうなずいた。

目の前に、大きく盛り上がった日本橋が見えてきた。早朝にもかかわらず、魚河岸に急ぐひとで橋が埋もれている。橋の真ん中はひときわ風が強いらしく、鮮魚を運ぶ天秤棒《てんびん》が大きく揺れていた。

「番頭さん、ここまでで結構です。昨夜のおこころざしは忘れません。どうぞいつまでもお達者で……」

「いやなあいさつをするんじゃないよ。この先もまた会えるじゃないか」

「……………」

銀次は膝につくほどあたまを下げると、橋に向かって歩き出した。幾らも間をおかず、橋の人混みに銀次が埋もれた。

番小屋のそばで立ちつくした喜作のうしろで、野分の風が舞った。

十八

八月二十五日、五ツの鐘が鳴り終わらぬうちに、風が巻き上げた土ぼこりの中から新三郎があらわれた。

「新三郎が来ましたと、旦那に取り次いでくんねえ」

土間を掃《は》き清めていた満吉に言いつけた。

銀次が暇を出されたことに新三郎がかかわっているのは、小僧たちも薄々は察している。銀次を慕っていた満吉は、返事もせずに座敷に上がった。

「番頭さん、新三郎さんが来ました」

「用向きはなんだ」

「旦那様に取り次いで欲しいと言ってます」

「だったらわたしが出ることじゃない。おまえが旦那様にお伝えしなさい」

「奥に入ってもいいんですか」

「おまえが新三郎さんに頼まれたんだ、さっさと行きなさい」

喜作は取り合わない。他の番頭ふたりも知らぬ顔である。奥に入った小僧は、出てくるなり新三郎を招き上げた。手代がつくわけでもなく、満吉がそのまま新三郎を案内した。

太兵衛が出迎えた三日前とは大違いの扱いである。新三郎は気にもしない様子で奥へと向かった。

太兵衛は床の間を背にして待ち受けていた。

「千両ともなると、あらわれるのも刻限通りですな。そこへお座りなさい」

出入り職人に話すような口調である。新三郎があるじを睨みつけた。しかし今朝の太兵衛には通じそうもなかった。

「わたしは骨の髄《ずい》からの商人《あきんど》だ。柳花様の弟などという与太《よた》話に付き合って、無駄なときを過ごすつもりはありません」

初手《しょて》から太兵衛が押してきた。

「ここまでは見事にあんたに嵌められた」

「なんでえ、その言いぐさは」

「そう力《りき》まないでもよろしい。千両を惜しんで言っているわけではありません」

穏やかな口調ながら凄みがあった。

新三郎は妙に胸騒ぎがした。

あっ……。

すぐにわけが分かった。目の前で話している太兵衛の物腰は、猪之介に通ずるのだ。達《だる》磨《ま》になる手前の猪之介は、掠れ声が物静かになる。

新三郎は、ほぞのあたりに力をこめた。

「柳花様の稽古場には、銀次とともに手代の茂助もお邪魔をしていた」

「…………」

「その茂助は、相当数の玄人衆が柳花様の弟子に仕立てられていたと言っている。鉄太郎と称した仕立て職人も、思い返せば素性があやふやだ。いずれにせよ、大層な仕掛けだ」

太兵衛が口元をゆるめた。すべてはお見通しだと新三郎に伝えているようなる。新三郎が舌打ちをした。目を外した太兵衛は膝元の手文庫を開き、一枚の紙を取り出した。

「これは本両替大坂屋に宛てて振り出した、千両の為替《かわせ》手形です」

受け取った新三郎は文字が読めた。しかし手形を見るのは初めてだ。一金千両と間違いなく書かれているが、本物かどうかの目利きはできなかった。

「心配しなくても本物の手形です。ただし印形《いんぎよう》は押していないから、大坂屋に持ち込んでもカネにはなりません」

ここまで言ったあと、太兵衛の口調ががらりと変わった。

「あんたを操っている黒幕さんと、わたしとを会わせなさい。わたしはその場へ印形を持参する」

「ふざけんじゃねえ。おれを操る黒幕なんざ、いるわけがねえだろう」

「息巻いても無駄だ。あんたにこれだけの仕掛けができる器量はない」

太兵衛が決めつけた。猪之介に言われたような恐さがあった。

「この仕掛けを構えたひとと、会って話がしてみたい。ときは今日の暮れ六ツ（午後六時）、場所はこの場であんたが決めなさい」

考えてもみなかった成り行きに、新三郎は面食らった。太兵衛がなにをしたくてこんな縛《しば》りをつけるのか、見当がつかない。はっきりしているのは、言い分を呑まない限りカネは手にできないということだ。

脅しが利く相手ではないと、渡世人の勘が教えていた。気を抜くと食われてしまいそうな、底知れない凄みが伝わってくる。

新三郎は知恵を巡らせた。出た答えは太兵衛の縛りを呑むことだった。

「両国橋西詰の折り鶴を知ってるかい」

「料亭の大見世でしょう」

「そこであんたと引き合わせるが、妙な小細工をすると、生き死にの目に遭《あ》うぜ」

「余計な脅しもわたしには無用だ」

太兵衛の目が細くなっている。新三郎のなかで太兵衛と猪之介とがぴたりと重なった。

「その手形は持ち帰って結構だし、わたしは約定を守る。あんたもカネが欲しいなら、ひとを欠かさず連れてきなさい」

押されただけで掛け合いが終わった。

太兵衛から小僧扱いされた怒りが、新三郎のなかで渦巻いていた。その片方には、目を細めた顔に怖さを感じた、おのれへの腹立ちもある。

堅気の商人に怖れをなした……。

これがなにより口惜《くちお》しかった。

風に舞って、用水桶が転がってきた。転がり方も、ころころ鳴る音も、新三郎をからかっているように思えた。

「てめえ、いまにみてやがれ」

太兵衛の顔を思い描きながら、思いっきり蹴飛ばした。


同じころ、銀次は神田明神境内《けいだい》にいた。

イチョウの古木の根元に座り、風に葉が舞い踊るさまを、ぼんやり見ていた。

神田明神に来る手前で、銀次は新大橋西詰から対岸を見た。右手には万年橋があり、小《お》名木《なぎ》川を目でたどれば清住が見えた。さらに奥には富岡八幡宮の杜《もり》があった。

大川が水面に白波を立てて荒れている。河畔《かはん》の松をも吹き飛ばしてしまいそうなほどの風が、銀次に襲いかかってきた。

渡れるものなら渡ってみろ……大川と野分とに凄まれたような気がした銀次は、猪之介との決着をつける肚を固めた。正之介のもとに暇乞いに向かう足取りにも迷いはなかった。

ところが和泉橋に差しかかるあたりで、銀次の足が動かなくなった。しばらく立ち止まっていたが、佐久間町を素通りして神田明神の境内に入った。そしてイチョウの根元に座り込んだ。

おれはお店から暇を出された……これに思い当たり、銀次の腰が砕けたのだ。

大工職人のときも千代屋で手代を勤めたときも、できる男だと認められた。その見栄が、銀次に力強い生き方を与えてきた。

ところがお店から暇を出された。

おまえは要《い》らないと、初めて決めつけられた。その痛みに、いま銀次は襲いかかられている。

おやすとの仲を引き裂かれて、大きな手傷を負った。しかし男の見栄を奪い取られたことは、別れの哀しみの比ではなかった。

おまえは要らない……。

思い返すたびに、力がひとつずつ抜けた。

風がイチョウの葉をゆさぶっている。しっかり枝についている葉は、吹き荒れる風に立ち向かっていた。耐えきれずに枝から離れると、なすすべもなく強風にもてあそばれた。

銀次は虚ろな目で葉を見続けた。

「ちゃん、この犬でっかいよ」

銀次の横をこどもの声が通り過ぎた。

「それは狛犬《こまいぬ》だ。おっかねえ顔して、わるい奴から守ってくれるでえじなお守りだぜ」

職人髷《まげ》の男が、こどもに狛犬の由来を教えている。こどもが男のそばに駆け戻ってきた。風がさらに強くなっている。

「じゃあ、おいらの狛犬はちゃんだよね」

「嬉しいことを言うじゃねえか」

「おっきくなったら、おいらがちゃんの狛犬になるからね」

銀次のこめかみがぴくりと動いた。

なにが起きてもびくともしねえ根性が欲しくて、剣術を習ったんじゃねえか。それがこんなところに座って、うじうじ考え込んでやがる。あのガキほどの根性もなくしてるぜ……。

あたまのなかで職人言葉が渦巻いた。

猪之介と刺し違えようてえ肚はどこに消えたんでえ。てめえ、それでも銀次かよ……。

両手で頰をひっぱたいて立ち上がった銀次は、狛犬のそばにいる親子に近寄った。

「ぼうず、ありがとよ」

言い残すと佐久間町を目指して歩き出した。

「あのおじさん、ちょっと変だよ」

こどもの声が、風に乗って銀次を追ってきた。さらに歩みを強めた銀次は、堀正之介の道場を目指した。

十九

運良く堀正之介は在宅であった。

「銀次ではないか。まずは上がれ、あいさつはあとだ」

銀次のおとずれを心底から喜んでくれる堀正之介に、銀次は道場の玄関先で目を潤ませてしまった。

居室は何も変わっていなかった。天井には、雨漏りの染みが方々にできている。

「先生にはお変わりないご様子で、安心いたしました」

「幾月か前に、太兵衛殿からおまえの様子を聞かされた。おやすさんという娘とは、うまくいっておるか」

正之介が揶揄《やゆ》するように問いかけた。

「先生、申しわけございません」

「なんだ、うまくいってはおらんのか」

「そうではございませんが……」

「なにを言いにくそうにしておる。構わん、なんでも申せ」

「今朝ほど千代屋さんから……暇を出されてしまいました」

「なんと」

堀正之介が言葉に詰まった。困惑した正之介の顔を、銀次は初めて見た。

「おまえに暇を出すとは、よほどのことが出来《しゅったい》いたしたのか」

「はい」

「なにが起きたか、微細なことも省《はぶ》かずに聞かせろ」

吹き荒れている野分の唸りが、部屋にまで届いている。いつも開け放たれている障子戸も、さすがに今日は閉じられていた。

銀次は黒崎屋の一件から話を始めた。

正之介は相槌《あいづち》ひとつ打たず、黙して聞いている。柳花の疑わしい死に方に差しかかったときは、目の端にしわを寄せた。それでも口は挟まない。

長い顚末《てんまつ》を話し終えて、太兵衛から暇を出された次第に至った。正之介の目に強い光が宿ってきた。いつぞや太兵衛にも見せた、相手を射抜く剣客《けんかく》の眼光である。

「おカネは千代屋で償うから、わたしは千代屋から暇を出される形で責めを負えというのが、旦那様のお考えでした」

おやすと一夜をともにしたことだけは省き、すべての話を終えた。

いつもの正之介であれば、聞き取った話を吟味するために黙考する。しかしこのたびはすぐさま考えを口にした。

「その話は辻褄が合わぬ」

強い口調の言い切りだった。

「千代屋がいかほどの身代かは分からぬが、詮議《せんぎ》もせず即座に払う金高とは思えぬ。それに太兵衛殿は、新三郎という男に謀《たばか》られたと承知しておるのであろうが」

「はい……」

正之介に自分が叱られているような気になった銀次が、小声で返事をした。

「だとすれば明らかに強請《ゆすり》ではないか。脅しには大枚の金子《きんす》を払い、骨身を削ってきた奉公人に暇を出すのでは筋が通らぬ」

正之介の発する言葉は、小声ながら寸分の隙もない。

「強請に屈せず、おまえを守ってこそ死んだ者への償いというものだ」

正之介が目を閉じた。風が騒がしいが、黙考する正之介にはいささかの邪魔でもなさそうだ。長い思案を終えて目を開いたときには、顔が一段と引き締まっていた。

「太兵衛という男はめがね違いであったのか、それとも別に子細があるのか……いずれにしても、筋の通らぬ話だ」

正之介が銀次を膝元まで招き寄せた。凄まじい目で真正面から見詰めた。

「おまえは暇乞いに来たのであろうが」

「えっ……そんなことは……」

「隠しても無駄だ、顔に描いておる。道場を出たその足で、猪之介を襲うつもりだな」

道場に暮らしていたときも、正之介の慧眼《けいがん》にはしばしば度胆《どぎも》を抜かれた。しかしこのときほど驚いた覚えはなかった。

言葉が返せず、銀次は目を伏せた。

「新三郎は、いまでも猪之介の手の者か」

銀次には答えようがない。正之介も答えを求めているわけではなさそうだった。

「猪之介の手の者が、おまえのもとへ貸し金の催促に顔を出したことはあるか？」

「まったくありません」

「闇討ちやら脅しはどうだ」

「それもまるでありません」

「だとすれば、おまえの話から猪之介を描くと信義には篤《あつ》い男しか浮かばぬ。おのれが交わした約定を破るとは思えぬがの」

正之介の話し方には、猪之介を嫌悪する響きが薄い。銀次は戸惑った。

「新三郎の振舞には、金子を脅し取るほかに底意がある」

「どういうことでございましょうか」

「おまえを貶《おとし》めようとする底意だ。それと猪之介とは、どれだけ思案しても重ならぬ」

銀次のあたまのなかが、さらにまごつき始めた。言われてみれば、猪之介は約定を守っている限りは手荒な真似をしなかった。

しかし鏝屋を夜逃げに追い込んだのは猪之介だ。手下に指図して、ひとを殺《あや》めさせることも銀次は知っている。

正之介は信義に篤い男しか描けないと言う。猪之介の暗いところも見てきた銀次は、素直には得心できなかった。

「猪之介と談判せぬ限り、まことは摑めぬだろう」

銀次の戸惑いを正之介は見抜いたらしい。

「死んだ者への供養のためにも、おまえは大川を渡って猪之介に会うしかあるまい」

「はい」

銀次がきっぱりと返事をした。正之介は座を立ち、手文庫を提げて戻ってきた。

「おまえが大川を渡るには、船賃がいるだろう。この二十両を使いなさい」

堀正之介が小判二十枚を取り出して、銀次の前に重ね置いた。

「先生、これだけは受け取れません」

「ならばどうする」

「わたしの蓄えが十二両あります」

「それでは足らぬではないか」

「先生に見破られました通り、元々は猪之介と命をやり取りする気でおりましたから」

「いまも変わっておらぬか」

「おりません。返すカネが足りなくて、約定を破るのはわたしです。まことさえ分かれば、始末されても不足はありません」

「ならばよろしい、わしも行こう。約定を破るおまえが猪之介と為合《しあ》うことになっても、わしは手を出さぬ」

「はい」

「猪之介がこのたびの首謀者であったと分かれば、それはまた別のことだ。太兵衛の為《な》したことの辻褄も合わせねばならぬしの」

堀正之介が銀次を見詰めた。相手を剣客と認めた目に変わっていた。

二十

野分が来ているというのに、両国橋西詰の賑わいには陰りがない。小芝居小屋や見世物小屋、立ち食い屋台などにひとが群がっていた。

橋の西詰を右に折れると柳橋《やなぎばし》だ。河畔には大小の料亭が建ち並んでいる。御蔵《おくら》を控えたこの界隈では、蔵前《くらまえ》札差が毎夜酒宴を催していた。

折り鶴は橋の左の大見世だ。一軒だけ離れていることで、大名や大店の旦那衆が隠れ家のように使っている。

桟橋から人目を気にせず入れるのを、常連客は喜んだ。しかし出入り客を見張る仙六は、隠れ場所に難儀した。

それでも小さな茶店と折り合いがついた。

屋号はおはま茶屋としゃれているが、掘っ建てのよしず小屋である。今日のように強風が吹き荒れると、小屋ごと吹き飛ばされそうで気を揉んだ。

しかし見張りをしくじったときの猪之介の怒りを思えば、野分ぐらいは屁《へ》でもなかった。

　ここ数日、猪之介はひどく機嫌がわるい。わけはただひとつ、折り鶴の探りがまるではかどらないからだ。

　このところ、新三郎の動きがおおっぴらだ。

「今日一日、よんどころねえ野暮用《やぼよう》で暇をいただきてえんで」

　今朝の新三郎は押しつけるような口調で、猪之介に言うだけ言って出て行った。

「たかが料亭の探りに幾日かけてやがんでえ。今日で目鼻がつかねえなら、おれがじかに新三郎の身体に訊くぜ。そうなりゃあおめえも、さらのふんどしを締めとけよ」

　新三郎が出たあと、猪之介は荒れた。

　料亭の探りぐらいは、どうにでもなると嘗めていた。ところが折り鶴にかかわる連中の口の固さは、尋常ではなかった。魚や野菜、米、薪などの出入り商人ですら、手掛かりになるようなことはなにひとつ話さない。

　思案に暮れた末に佐賀町の富造をたずねた。新三郎を猪牙舟で追ったときの船頭である。

「折り鶴の前で茶店をやってるばあさんは、女房と仲がいいんだ。そのばあさんでよけりゃあ、引き合わせるぜ」

それがおはま茶屋である。掘っ建て小屋でも、場所に恵まれたおはまは威勢がいい。

「折り鶴を嗅ぎ回っても、だれも口なんか開きゃあしないよ。あすこの女将には、怖い筋の旦那がついてるからさ」

「怖い筋だって？」

「あんたらの仲間に決まってるだろうさ。そんなことがごひいき筋に知れたらえらいことだから、女将が口止めしてるんだよ。派手に聞き回ったりすると、大川に浮いちまうよ」

富造が引き合わせたことで、おはまは気を許して話してくれた。

折り鶴は素性の確かな客の引き合わせがなければ、玄関すらまたがせない。店には腕のいい女衒《ぜげん》がついており、仲居は飛び切りばかりを選《よ》り抜いている……おはまが話した折り鶴のあらましである。

「弐吉とか、新三郎とかいうなめえを聞いたことはねえか」

「ないね」

何日もの間、猪之介にはこれぐらいしか話せずにきた。苛立っていたところに、今朝の新三郎の振舞が重なり、猪之介が荒れたのだ。

知恵の薄い仙六だが、勘働きは鋭かった。

折り鶴にはかならず弐吉と新三郎が絡んでくる……わけもなく勘だけで、仙六は決めていた。

「十日店を貸してくれりゃあ一両払うぜ」

「ばか言うんじゃないよ。うちが日に幾ら稼いでるか、あんた、まるで分かってないね」

仙六は二両、三両と小きざみに値を上げた。おはまは頑《がん》として受けつけない。掘っ建て小屋を十日借りるのに、五両の大金を払う羽目になった。

深川でも、十坪の店を一年は借りられる店賃《たなちん》だ。

「ゼニのことは構わねえ」

猪之介はあっさり五両を呑んだ。

おはまと交わした約束の十日間まで、あと二日が残っていた。しかしこの朝の新三郎を見て、猪之介は我慢が切れかかっている。

それを思い出した仙六は歯ぎしりをしながら、よしずの隙間に目を戻した。

看板が風で大きく揺れている両国広小路《ひろこうじ》を、新三郎が西詰へと歩いていた。

暮れ六ツの寄合をどこで持つか、この場で答えろと太兵衛に迫られた。新三郎は弐吉にはかることもできず、折り鶴と決めた。

伝吉は賭場に残している。弐吉への繋ぎは自分で動かなければならない。しかし人目のある昼間に、弐吉のもとをたずねるのは危な過ぎた。

思案ののち、折り鶴からひとを飛ばしてもらうことを思いついた。新三郎が向かっているのは折り鶴だった。

橋が近くなるにつれて、ひとの流れが膨らんできた。軽業《かるわざ》小屋の木戸口に垂らされたむしろが、吹き荒れる風でいまにもちぎれそうだ。新三郎は人混みをかき分けるようにして、折り鶴へと急いだ。

仙六はさきほどから煙草が吸いたくて苛立っていた。キセルも煙草も持っていたが、火種がない。

「おれもドジだぜ」

ひとり毒づいているとき、新三郎があらわれた。風に吹かれてわずかに乱れてはいたが、新三郎自慢のきれいな髷がこのときばかりはありがたかった。

下足番は新三郎を見知っているらしく、なかに声をかけてひとを呼んだ。

勘が図星で仙六がほくそ笑んだ。ほどなく、見事な鼈甲《べっこう》の櫛《くし》をあしらった、島田髷《しまだ》のおんなが顔を出した。よしずから透かし見ても、おんなの艶が伝わってくる。

そのおんなは新三郎に幾度もうなずき、なかに招き入れようとした。新三郎は軽くあたまを下げただけで、広小路の方へと離れて行った。

新三郎が見えなくなると、おんなは笑顔を引っ込めた。顔つきがすっかり変わっている。下足番を呼びつけてなにやら言いつけた。

奥に引っ込んだ下足番は、ざるに塩を盛って戻ってきた。おんなが塩をひと摑みして、玄関先に振り撒いた。ざるを手にしたままのおんなに、下足番が身体を二つに折って辞儀をした。

よしずの内で、仙六は知恵を巡らせた。

新三郎は今日いっぱい暇をくれと親分に言った。かならずここに戻ってくる。だとすれば相手は弐吉だ。下足番がぺこぺこしたおんながきっと女将だ。すると……おはまばあさんの言った怖い旦那は弐吉だ。

こう考えた仙六は、新三郎が人混みに消えるのを待った。

三百まで数えてから折り鶴に向かった。目当ては下足番である。

「新三郎あにいと落ち合うことになってる弥助てえもんだ。ここで待たせてくんねえ」

小粒を二つ握らせた。下足番が素早くたもとにしまった。

「惜しかったねえ。たったいま帰っていかれたばかりだよ」

祝儀が利いて愛想がいい。

「あにいは気が短くていけねえや。弐吉親分と会うから、粗相《そそう》がねえようにと呼ばれたのにさあ」

仙六が、さらに小粒を二つ取り出した。

「あっしを助《す》けてくんねえな。このままだと、こっぴどくどやされちまうぜ。あにいはなんどきに、弐吉親分と会うことになったんでえ」

「あんたも大変だねえ」

立て続けに小粒四つをもらった親爺は、仙六の言うことを真に受けたようだ。

「暮れ六ツから、奥の離れに大事な客を迎えると女将さんが言っている。あんたのあにさんも、それまでには戻ると思うよ」

「ありがとよ、とっつぁん」

だめ押しに、さらにひと粒握らせた。

「あっしにおせえてくれたことは、口が裂けても言っちゃあなんねえぜ」

巧みに下足番の口を封じた。親爺がしっかりとうなずいた。

野分の強風に押された仙六は、木場へ向かって駆け出した。

銀次と堀正之介のふたりも、木場を目指して足を急がせていた。

猪之介の宿へ行くには両国橋からでは遠回りだ。しかし日本橋を抜ければ、千代屋のそばを歩くことになる。それを気遣った正之介は、回り道だが両国橋を行くことにした。

銀次は千代屋を出たときのままの、絣《かすり》木綿の着流しである。正之介は筒太《つつぶと》で裾口の狭い軽衫袴《かるさんばかま》を着用し、たもとには木綿のたすきが入っていた。

「雨が降ろうが風が吹こうが、この者たちにはなんでもないか」

吹き荒れる風などものともしないひとの群れを、正之介は呆《あき》れながらも楽しんでいる。銀次もこの数日の屈託を忘れて、広小路の賑わいを大きく吸い込んだ。

両国橋に差しかかると、川面に立つ白波が見えた。風がますます強くなっている。

ふたりは大川を西から東に渡るのだ。

橋の手前で銀次の足が止まった。気配を察した正之介が振り返ると、銀次は橋を行き交うひとの群れを見詰めていた。

前を閉じていない半纏をひらひらさせている職人風の男。

荒れた空模様のなかでも、律儀に羽織を着ているお店者のふたり連れ。

強風からこどもをかばいながら渡ってくる母とこども。こどもは荒れた川面が見たいらしく、少し歩いては足が止まる。そのたびに母親が強く手を引っ張った。

青物の担ぎ売りが銀次のわきを通り抜けた。橋の西側で売り終わったのか、空《から》の笊《ざる》が風に煽《あお》られて吹き飛びそうだ。

嵐が近づいているのに、ひとは大川の東と西とを好きに行き交っている。

おのれの口で交わした約定を、いま破ろうとしている……。

この想いが銀次の足を止めていた。猪之介と談判しないことには、まことを知ることができない。ゆえに大川を渡ろうとしていた。が、十二両しか持っていないのだ。

どのように自分に言いわけをしても、決めた約束を破るというつらさはごまかせない。

両国橋を目の前にして、銀次は動けなくなった。目も定まってはいない。銀次が小さな吐息を漏らした。

垂らした両手に力をこめて、正之介は銀次を見詰めていた。銀次の胸のうちを見抜くような、剣客の目である。軽衫袴の裾に風がまとわりついたとき、正之介が動いた。

「忸怩《じくじ》たる思いもあろうが、真偽を確かめるためにはやむを得ぬ」

正之介に言われて銀次が我に返ったようだった。

「風も強いことだ、一気に渡るぞ」

「はい」

正之介に先んじて橋に踏み入れた銀次の足取りには、もう迷いはなかった。

二十一

銀次と正之介が両国橋を渡り始めたとき、太兵衛は茂助と向かい合っていた。

「暮れ六ツに、うまい具合に折り鶴で会うことになった」

「なにも気づいていないわけですな」

「分かっていれば、わたしと会うのに折り鶴はない」

太兵衛も茂助も、いつもの呉服屋の顔とはまるで違っている。

「さき様とは話がついているんだろうね」

「あたしのほうはなんの厄介もありません。それより旦那様のほうこそ、手抜かりはありませんので」

茂助の話し方には、あるじを敬《うやま》う調子が薄い。太兵衛も気にしていない様子だ。

「なんとかうまく片付いた」

「それはなによりでした」

「わたしは刻限よりも早く折り鶴に行くつもりだ。おまえも六ツに遅れることがないよう、早めに来なさい」

太兵衛の指図にうなずいてから、茂助は売場座敷へと戻って行った。

仙六は銀次たちよりも半刻早く駆け戻った。

「いいつらをしてるじゃねえか」

息を切らせて飛び込んできた仙六を、猪之介がねぎらいで迎え入れた。

「どうやら獲物に出くわしたようだな」

「まず一服やらせてくだせえ。朝から煙草が吸えず、我慢ができねえんで」

「好きなだけやりな。腹もへってるだろう。話は飯を食ってからでいいぜ」

おきちに言いつけて膳を調えさせた。

「なんにもないけど勘弁してね」

卵を落としてきざみネギを浮かせた味噌汁と、じゅうじゅう音がしているいわしの塩焼きを運んできた。

「冷めねえうちに食っちまえ」

少しでも早く話をしたい仙六は、口一杯に頬張りながら、折り鶴の顚末《てんまつ》を伝えている。

夢中で話す仙六の口から、飯粒が猪之介の方に飛び出した。

「てめえ、気をつけろ」

猪之介が飯粒をつまみ、長火鉢の灰に捨てた。猪之介の仕種《しぐさ》に、おきちがぷっと噴いた。猪之介は女房と仙六とを交互に睨んだが、目が苦く笑っている。

いきなり廊下を張り番が駆けてきた。

「銀次が来やした」

猪之介が目に光を戻した。

「妙な袴をはいたさむれえが一緒です」

猪之介はすでに立ち上がっていた。巨体の猪之介とも思えない身のこなしである。開けられたままの玄関に、銀次と堀正之介が立っていた。銀次のうしろで風が舞っている。猪之介は堀正之介に目もくれない。銀次も猪之介を見詰め返していた。

「あれからまだ二年も経ってねえ。よくゼニが溜められたじゃねえか」

上がり框《かまち》に仁王立ちした猪之介が、小声で問いかけた。

「堅気になりてえと言ったのを鵜《う》呑みにしたが、なにをやってこさえたんでえ。見たところ、つらはやつれてるし、月代《さかやき》にも手がへえってねえ」

太兵衛から暇を出されたあと、銀次は髪の手入れをしていなかった。

「けえしにきた二十両が垢《あか》のついたゼニなら、おれは一杯食わされたことになる」

猪之介のうしろに手下が集まってきた。なかのふたりは匕首を手にしている。

「二十両は、まだ揃っていません。十二両蓄えるのがやっとでした」

猪之介の目が細くなった。

「おめえは半端なゼニを持って、泣き言をこぼしに来たのか」

「わけがあってのことです」

「おれは二十両けえさねえで大川を渡ったら、その場で始末すると言ったぜ」

「はっきり覚えています」

「だったら話はここまでだ」

猪之介が後ろ手で仙六から匕首を受け取った。銀次の左に立つ正之介が鯉口《こいぐち》を切った。

猪之介は息もつかさぬ速さで、匕首を銀次の胸元に投げつけた。

銀次が右に身体を躱《かわ》した。

その動きよりも前に、正之介が抜き払った太刀で飛んでくる匕首を跳ね飛ばした。

チャリンと乾いた音とともに、匕首が手下たちを目がけて弾き返された。仙六が飛びのいた。

血相の変わった手下が、銀次に飛びかかろうと身構えた。

「やめろ、ばかやろう」

猪之介がうしろを振り返った。

「てめえらが百人たばになっても、勝てる相手じゃねえ。そこに座ってろ」

猪之介の一喝《いっかつ》で、仙六たちが座り込んだ。

「やるじゃねえか、銀次」

猪之介が笑っている。正之介はすでに太刀を納めていた。

「上がりなよ。お連れさんも上がんなせえ」

猪之介がふたりを招き上げた。

「仙六、客人がふたりだ。おきちに茶をいれさせろ」

あまりの成り行きに、仙六もほかの者も口が半開きになったままだ。

「早くおきちに言いつけろ」

「分かりやした」

二度目に言われて手下たちが動いた。

猪之介はいつもの神棚の部屋ではなく、奥の八畳間にふたりを連れて入った。三下奴《さんしたやっこ》が座布団を調えた。

「あてくだせえ」

外した二本を左手に持ち、正之介が先に座った。銀次が右どなりに座を取った。

ふたりが座布団に座るのを見届けて、おきちが茶を出した。ふたのついた伊万里《いまり》焼の湯呑みだ。

「どうぞ召しあがってください」

やくざの女房とも思えない物腰だ。

「遠慮なくいただこう」

正之介がすぐに口をつけた。出された茶を素直に飲むことで、猪之介への用心を解いたと伝えているようだ。

銀次も倣《なら》った。猪之介も茶を飲み始めた。

「親分と命を賭けた約定を破りました」

銀次が話し始めたところで、猪之介が湯呑みを置いた。

「どんな仕置をされても文句はありませんが、話だけはさせてください」

猪之介の顔つきが動かない。銀次を見る目も穏やかだった。

「おめえにあやをつけるような言い方をしたが、動きは追ってきた」

「ではわたしが千代屋にいたことも……」

「知ってるぜ。もっともこの半月ばかりは、ほかが忙しくておめえの張りはほどいた。手代の言葉遣いも、すっかり板についてるじゃねえか」

言ってから猪之介の目に力がこもった。

「おめえ、いま妙なことを言ったな」

「なにをでしょう」

「千代屋にいたことも……と言っただろう」

「昨日、暇を出されました」

これを聞いても猪之介は顔色を動かさない。が、両目を閉じて腕組みをした。

「新三郎が千代屋に仕掛けたな」

目を閉じたまま猪之介が問いかけた。正之介が感心したような目で猪之介を見ている。

風の唸る音がひときわ大きくなった。

二十二

「新三郎が千代屋に仕掛けたことを、親分はご存知ないと言われるのでしょうか」

ていねいだが口調は強かった。

「柳花てえ女が絡んだ騙《かた》りは知ってるぜ」

昂《たかぶ》りのない調子で話し始めた。

「知ってはいるが、おれの指図じゃねえ。おれが嚙んでると思っての問いだろうが、見当違いだぜ」

猪之介の目に、二十両を待つと言ったときと同じような柔和なものが浮かんでいた。

「おまえの口で、このたびの顚末を漏らさず猪之介殿に話しなさい」

猪之介を殿と呼んだことに、銀次は驚いた。正之介の目に揺るぎはなかった。

「この御仁《ごじん》なら、ことの表裏を解き明かしてくれるやも知れぬ」

匕首を投げつけられたわだかまりが、まだ銀次に残っていた。正之介は猪之介を殿と呼ぶが、銀次は匕首の場を思い返した。

匕首は胸元を狙って飛んできた。しかしおれは、猪之介が投げると見抜いていた。堀先生も同じだったがゆえに、鯉口を切っていた。

始末する気の猪之介が、そんなあからさまなことをするだろうか……。

あれは仙六たちの手前、猪之介が打った茶番ではなかったか。堀先生はそれを見抜いたからこそ、茶を素直にいただいた……。

「どうしたのだ、銀次」

正之介に言われて銀次は思い返しをやめた。

「親分に、ぜひとも聞いていただきたいことがあります」

座り直した銀次は、柳花との出会いから話を始めた。柳花の家での採寸に及んだとき、猪之介は銀次の口を止めた。

「仙六にも聞かせるが、かまわねえな」

銀次に断ってから仙六を呼びつけた。

「仙六には、新三郎も張れと言いつけてあった。半月ほどおめえを張ってなかったのは、新三郎が忙しく動き出したからだ」

膝元の茶に口をつけた。酒とは勝手が違うらしく、猪之介はすぐに湯呑みを戻した。

「おめえが弟子だと思ってた女たちは、両国の折り鶴てえ料亭の仲居だ」

「やはりお弟子ではありませんでしたか」

「おめえも感づいてたのか」

「手代の茂助さんが、玄人さんみたいだと口にされましたから」

仙六が加わったあと、柳花に鉄太郎を引き合わされたことから話に戻った。

柳花が試し着にあらわれたところで、いきなり仙六が声を出した。

「あっ……思い出した」

「なんでえ、なにを思い出したんでえ」

「銀次の話にはかかわりのねえことで」

仙六があたまをかきながら言葉を濁した。

猪之介の目が先を促している。千代屋から暇を出されたことまでを、銀次は一気に話し終えた。

「たかが新三郎ぐれえに脅されて、千両払う旦那の料簡《りょうけん》が知れねえ」

「あっしが思い出したのは、その太兵衛てえ男のことなんで」

みなの目が仙六に集まった。

「銀次よう、いつだか朝の五ツ（午前八時）ごろ、千代屋の奉公人たちが出迎えてた男が、太兵衛てえ旦那だろうが」

柴田様と向島に泊まったあとの朝帰りだと思い当たり、銀次がうなずいた。

「だったら間違いねえ。あっしが太兵衛を見たのは、京橋の川っぷちなんでさ」

仙六は猪之介に目を合わせて話した。

「五年ほどめえの夜、あっしは卯ノ助あにいに言われて、弓町《ゆみちょう》まで取り立てに行ったんでさ。そのけえりに京橋のあたりで、男の怒鳴り声を聞きやした。振りけえると、ふたりの男が揉み合ってやがったんで」

仙六は話がうまくない。猪之介が焦れた目で話を追い立てた。

「その揉み合いをやってた片割れが、太兵衛に間違いねえんでさ」

「それで終わりか」

込んだ。

「それが太兵衛てえ旦那だったら、なにがどうなると言うんでえ」

銀次も思いは猪之介と同じだった。仙六の埒《らち》もない話に流れをこわされて、みなが黙り込んだ。

「おい、仙六」

名指しされた仙六が肩をびくりとさせた。

「与ノ助は、柳花を落籍《ひか》せた旦那が京橋で溺れ死んだと言わなかったか」

「言いやした。はっきり覚えてやす」

堀正之介の口が固く閉じ合わされている。猪之介が煙草盆を探した。仙六がすかさず盆とキセルを差し出した。

一服吹かしたあとで、雁首《がんくび》をぽんと叩いてから銀次と向き合った。

「新三郎をつかまえて、ことのあらましを唄わせるしかねえ。手荒なことになるだろうが、これから付き合いねえ」

「どちらへでしょう」

「両国の料亭だ」

仙六が仕入れてきた折り鶴の一件を、ふたりに聞かせた。銀次が返事をする前に、正之介が大きくうなずいた。

「まことが分かるなによりの場だ。猪之介殿、わしも同行させていただこう」

「そちらさんの名を、まだ聞かせてもらってねえんだが」

言われた正之介が猪之介に笑いかけた。

「銀次がわしのもとで暮らしていたことを、よもや知らぬわけでもござるまい」

「知ってやす」

「神田佐久間町の堀正之介でござる」

「木場の猪之介と申しやす」

ふたりが笑顔を交わして話がまとまった。

「足を飛ばせば七ツ（午後四時）には着く」

固くなって座っている仙六を、猪之介が立ち上がらせた。

「おめえも来い。下足番相手に、ひと働きしてもらうことになる」

猪之介が手早く身支度を調えた。おきちが道具を手渡そうとした。

「ノミと新三郎だ、道具はいらねえ」

銀次と正之介は黙ってやり取りを見ていた。正之介の目には、猪之介の言い分を諒《りよう》としている様子がうかがえた。

渡世人ふたりに、手代と軽衫袴の剣客である。風変わりな取り合わせの四人が、野分の吹き荒れる大川端を急ぎ足で歩いていた。

新大橋を過ぎ、御船蔵《おふなぐら》から一ツ目橋までの一本道は、風をさえぎるものがない。折れた松の小枝が、道のあちこちに散らばっていた。

四人の先駆けは仙六である。そのうしろに銀次が続き、猪之介と堀正之介とは並ぶようにして歩いた。

「銀次を挟んで、妙な具合に先生と近づきになりやした」

正之介が微笑しながら猪之介にうなずく。

空を覆《おお》いかぶすほどの土ぼこりが舞っている。ほこりの切れ目に両国橋が見えてきた。

二十三

玄関先を掃除していた下足番は、気前よく小粒をくれた仙六を覚えていた。

「すまねえが、つらあ貸してくんねえ」

袖を引いて、猪之介の前に連れてきた。銀次と正之介は少し離れて立っている。

「こちらは木場の猪之介親分だ。とっつあんもなめえぐれえは聞いてるだろう」

猪之介という名に覚えはなかったが、巨体の男に威圧されて愛想よく返事をした。

「とっつあん、あんたのなめえは」

猪之介が掠れ声でたずねた。

「芳造《よしぞう》です」

「芳造さんよ……二度は言わねえから、そのつもりで聞いてくんねえ」

猪之介に睨まれた芳造は、手にした竹ぼうきを強く握りしめた。

「このあと六ツから、奥の離れにあんたのよく知ってる客が来るだろう」

「はい……」

「おれたち四人を、離れの隠し部屋まで手引きしろ」

芳造の顔から血の気がひいた。

「こういう大見世には隠し部屋があるのは分かってる」

「で、ですがそれは……」

「隠し部屋への出入りは、下足番が仕切るのも通り相場だ」

猪之介が小判五枚を取り出した。

「おれたちを引き込んだら、五両はおめえさんのもんだ。いやなら、うしろのさむれえが首を刎《は》ねるぜ」

折り鶴の離れにも隠し部屋はある。色好みの客がここに隠れて、ひとの房事を覗《のぞ》き見したりするのだ。部屋のことは、女将と下足番しか知らなかった。

今日の離れの客は、男ばかり七名。しかも女将が嫌っている弐吉親分も一緒だ。女将が弐吉親分に隠し部屋のことを話すわけがない。だとすれば客が使うはずもない。

しかしことがばれたら……。

四人の様子はただごとではなかった。かならずなにかが起きると、芳造には分かった。しかし手引きしなければこの場で斬られる。それなら五両もらって遠くへ逃げよう……。

芳造の肚が据わった。

「お連れしますが十両ください。あたしはそれを手にして江戸を離れます」

「おれを相手に値を吊り上げるなんざ、いい度胸だぜ」

「あたしの命がかかっています」

「だったら、まず五両を握って部屋まで引き込みな。巧くへえれたら、残りの五両を払ってやる」

「ですが残りの五両は……」

「おれは弐吉じゃねえ、木場の猪之介だ」

猪之介は半金の五両を芳造に握らせた。下足番も呑み込んだ。

隠し部屋には、庭から入る隠し戸が設けられている。しかし戸の内側には錠がかけられており、外からは入れない。

「みなさん、こっちへ」

芳造が玄関わきの潜り戸を、音を立てずに開けた。庭に先乗りの若い衆がいないことを確かめてから、四人を招き入れた。

潜り戸を閉じようとしたとき、突風が吹き込んだ。バタンと大きな音を立てて、戸が力まかせに閉じられた。

四人が素早く植え込みの陰に身を隠した。

半纏姿の男が駆けてきた。

「大丈夫だ、風で戸があおられただけだよ」

「芳造さんかい？」

男は素肌にさらしを巻き、半纏を羽織っていた。さらしの間に匕首の鞘《さや》が見えた。

「こんなところでなにをやってるんでえ」

「あんまり風が強いからね、庭も掃かなくちゃあと思ったんだよ」

「ゴミなんざ、どこにもねえぜ」

「だから風が強いとそう言ってるじゃないか。放っておくと、どこに飛ぶか分からないんだよ。それともあんたがかわってくれるかい」

芳造が男の目の前に竹ぼうきを突き出した。

「ばか言うねえ」

男が舌打ちを残して戻って行った。

ほかにはだれも来ないことを確かめてから、芳造が大きな息を吐き出した。

「あたしがなかから錠を外します。親分たちはこの植え込み伝いに、離れの反対に回ってください」

芳造が庭を横切って離れに向かった。

「仙六さんがあたまで、わしが続く。あとは猪之介殿に銀次だ」

正之介がきびきびと指図した。猪之介が素直に従った。

「よし、行け」

仙六が身をかがめて進み始めた。幾らも駆けぬうちに、苔《こけ》に足をすくわれて前のめりに転んだ。

「どじ野郎」

猪之介が小声で毒づいた。

身を起こした仙六は築山《つきやま》の先に目をやって、ひとの目がないことを確かめた。

植え込みの陰から庭伝いに、離れまでおよそ半町（約五四メートル）だ。仙六が駆け出した。たどり着くと、忙しく手招きを始めた。正之介が身をかがめたまま駆けた。

「てえした駆けっぷりだぜ」

猪之介の声が心底から感心していた。その猪之介も、巨体に似合わぬ走りを見せた。銀次が駆けて、四人が隠し戸と板塀との狭い隙間に集まった。

ところが待てども戸が開かない。

「五両いただきで、ふけやがったかよ……」

猪之介の顔色を気にしながら、仙六がつぶやいた。銀次の顔に焦りの色がにじんでいる。

「戦《いくさ》ではよくあることだ。待てばいい」

正之介と猪之介が顔を見合わせた。

二十四

ひときわ強い風が吹き抜けたとき、隠し戸の内側で音が立った。

「錠を外す音がしてやす」

戸に耳をくっつけていた仙六の顔がほころんだ。戸が内側に開かれた。

「早く入ってください」

芳造の顔が張り詰めている。四人は履物のままで入り込んだ。

「鍵を見つけるのに手間取ったもので」

芳造の詫びなど、四人は聞いていなかった。部屋は八畳だがなにもなく、隅に座布団が積んであるだけである。隠し戸上部の明かり取りから、夕暮れの明かりが差し込んでいた。

「ものがねえだけ広くていい。八畳もありゃあ豪気《ごうぎ》なもんだ」

つぶやきつつ、猪之介が芳造を手招きした。

「壁の向こうは、どういう仕掛けになってるんだ」

「壁が薄いから、声はまる聞こえです。座敷の様子は穴から覗けます」

「おめえさんはどうやって、このなかにへえってきたんだ」

「壁がからくり造りになってます。ここを押せば、くるっと回りますから」

芳造が壁の右隅をぐっと押した。音もなく回り、目の前に座敷があらわれた。

「へええ……てえした仕掛けだぜ」

仙六が感心して座敷へ足を踏み出した。

「なんだ、おめえは」

圧《お》し殺した声を聞いて仙六が飛び上がった。猪之介よりも大きな男が、押し開けられた壁の向こうに姿を見せた。

「あっ、介山《かいざん》……」

「なんでえ、芳造じゃねえか」

介山は弐吉の揉めごとを腕力で片付ける、相撲《すもう》取りくずれの用心棒だ。背丈は六尺三寸(約一九〇センチ)、目方は三十二貫(一二〇キロ)もある。

介山が畳をへこませながら隠し部屋に入ってきた。銀次は素早く介山のうしろに回り込み、からくり壁を閉めた。

大男は銀次の動きを横目に見た。が、すぐに猪之介と向かい合った。

「相撲取りが、こんなところで用心棒かよ。情けねえ野郎だ」

猪之介がわざと煽り立てた。大男の腕に血筋が浮き上がった。猪之介は身構えもせず、介山を睨みつけている。大男が猪之介めがけて踏み出した。

猪之介が両足をわずかに開き、腰を落とした。介山が正之介の前を横切ろうとした。その刹那《せつな》、正之介が介山の下腹部に当て身を叩き込んだ。

大男の膝が崩れ落ちた。体《たい》を戻した正之介は、介山の首筋に手刀を打ち込んだ。ふくらはぎを引き攣らせたあと、介山はぴくりとも動かなくなった。

「しばらくは正気に戻ることもない」

正之介の息に乱れはなかった。

「仙六、銀次……おまえたちで、部屋の隅に寝かせなさい」

仙六と銀次は、引きずるようにして介山を隅に移した。

「相撲取りがなんでここにいるんでえ」

隅で竦《すく》み上がっている芳造に、猪之介が掠れ声で問いかけた。

「介山という、弐吉親分の用心棒です」

「それは聞いたよ。いつもいるのか」

「弐吉親分が見えるときは、いつも先に来ています」

「いかにもノミが好きそうな大男だぜ。ほかにも弐吉の手下がうろついてるのか」

「さきほど庭であたしのところに駆けてきたのも、そのひとりです」

「あれか。ここの若い衆にしちゃあ、つらも目つきもわるすぎた」

猪之介がたもとから五両を取り出した。

「残りの五両だ、受け取んねえ」

芳造が両手で小判を受け取った。

「介山は橋を渡ってどこかへ行ったと、女将にふかしを入れとけ。弐吉が家捜《やさが》しでも始めたらやっけえだ」

「分かりました」

五両を仕舞った芳造は、壁を押して部屋から駆け出した。銀次が壁を閉じた。

「壁をよく見てみねえ、錠か心張りがついてるはずだ」

銀次が壁を探った。右側の中ほどに小さな差し込みが切ってあり、細い棒が差し込める仕掛けがあった。

埋め込みの心張りを引き出すと、柱の穴に差し込んだ。壁を押してもびくともしない。

両刀を左わきに置いた正之介は、壁に寄りかかって目を閉じた。猪之介は畳にごろりと転がった。

銀次は正之介とは反対の壁に寄りかかり、思案顔をこしらえた。仙六は積み上げられた座布団に背を押しつけて、足を投げ出し天井を見詰めた。

ときが過ぎるにつれて、明かり取りからの光が弱くなり、やがて消えた。互いの顔も見えない闇がきた。

「芳造の野郎、壁の覗き穴を塞いだままで行きやがった……」

仙六が低い声で毒づいた。仙六が口を閉じたあとは、吹き荒れる野分の唸りが闇の中で響いている。

「介山がいびきをかくようなら、おれが絞《し》めちまいやすぜ」

「それはおれがやる」

仙六と猪之介の声が行き交った。そしてまた静けさが戻った。

四半刻（三十分）ほど過ぎたところで、数人の男の声が隠し部屋に流れてきた。

闇のなかで四人が静かに身構え始めた。

二十五

闇につつまれた隠し部屋の壁際に、四人がかたまって座っている。

「おまえなら、壁に覗き穴を穿《うが》つならどこかの見当はつけられようが」

正之介に言われて、銀次は壁の左隅に移った。腰をかがめた形をとり、左端から目の高さの上下を両手で探り始めた。

壁の中ほどで糸を手のひらに感じた。指先に気を集めてなぞるうちに、人差し指が糸の輪を探り当てた。右手の親指と人差し指とで糸を引いたら、覗き穴のふたが外れた。

細い光が隠し部屋に飛び込んできた。薄明かりの中で、四人が顔を見合わせた。

穴のふたは、先の尖った円錐形である。壁に穿った穴は、針先よりわずかに太いぐらいだ。しかし目を当てる穴は、一文銭の大きさがあって覗きやすかった。

「先生……」

座敷を覗いた銀次が、差し迫った声で正之介を呼んだ。正之介が銀次とかわった。

「なんと」

覗き穴の左正面に、床の間を背にして座る太兵衛の姿があった。腰を下ろした正之介が黙り込んだ。猪之介は覗こうともせず、正之介の様子を見詰めている。

「芳造は好色な上客がここに潜むと言った。そのような客がひとりで潜むとは思えぬ。穴の回りを探せ、かならずほかにもある」

正之介の見抜いた通り、別にふたつ穿たれていた。銀次が抜き取ると、差し込む光が増えた。

「猪之介殿、驚いたことに太兵衛殿が正面に座っておる」

正之介の声がわずかに乱れている。

「わしは壁に耳をあてて、声だけを聞こう。姿を見ぬほうが真偽の区別がつけやすい」

「おれも先生に付き合いやしょう。銀次と仙六とで穴の番をしろ」

隠し部屋での役割が、これで決まった。

座敷には七人の男が集まっていた。

床の間を背にして太兵衛と茂助がいる。公家の弐吉は太兵衛の正面に座り、野鼠の与一と新三郎とが両脇に座った。

女衒の鉄太郎と根岸屋九郎吉のふたりは下座に控えていた。

弐吉は折り鶴に来てから、機嫌を損《そこ》ねっぱなしだった。

「肝心なときにどこかへふけるなんざ、役に立たない用心棒だねえ」

耳障りな甲高いしゃべり声だ。

「介山のことは、きちんと片をつけなさい」

与一が神妙な顔でうなずいた。

「それになんだか生臭くはないかい？」

「潮の加減で、大川が匂っているんで」

「そうは言っても与一、これはいやな匂いだよ。違うかい、新さん……」

「そうでやすねえ」

逆らうのが億劫《おっくう》だというような、気のない返事が返された。

酒肴《しゅこう》もなければおんなもいない座敷である。

「五人とはまた、大層な人数ですなあ。わたしは皆さんとは初顔だ」

初めて声を出した太兵衛が、鉄太郎と九郎吉とがいることに皮肉を利かせた。

「新三郎さんに顔つなぎを願いましょう」

「こちらが上野を仕切る弐吉親分でさあ」

太兵衛の当て擦《こす》りには取り合わず、新三郎は開き直って顔つなぎを始めた。脇息《きょうそく》に肘《ひじ》をあずけた弐吉が、太兵衛の器量を値踏みするような目を見せた。

「そのとなりが代貸の与一あにいで、うしろのふたりは九郎吉さんと鉄太郎さんだ」

太兵衛は代貸も鉄太郎、九郎吉も見ようともしない。与一がう、うんと咳払いをした。

「あんたの注文通りに、みんなのつらを揃えたんだ、さっさと話を進めようぜ」

新三郎をも相手にしない太兵衛の振舞に、焦れた声でせっついた。

「陰の知恵者は弐吉さん、あなたですな」

知恵者と名指しをされた弐吉が、のっぺり顔を鷹揚《おうよう》に上下させた。

「あなたほどの方が千両の小銭で満足されるとも思えないんだが、違ってますかな」

商人ならではの、おもねるような口調である。弐吉が脇息から起きた。

「このたびの仕掛けを思いつかれた方だ。十万の稼ぎと聞いても驚きはしないでしょうが、話に気を惹かれますかね」

「そんな御託《ごたく》を唄うめえに、手形にさっさと印形を押しちまえよ」

勝手に話を進める太兵衛に、新三郎が荒い声を投げつけた。

「新さん、待ちなさい。太兵衛さんはあたしに話をしてるんだよ」

言われた新三郎がそっぽを向いた。

「若いのは行儀がわるくていけない。どうぞお続けなさい」

「さすがに親分さんだ、これならわたしも安心して話ができる。そうだろう、茂助」

茂助は返事もせずに軽くうなずいた。

「親分はここには大層に顔がききますな。今日の今日で離れを押さえるなどは、よほどの顔がなければできないことだ」

「女将とはわけありでね、あたしの言うことなら、なんでもいけます」

「ほう……ここの女将とねえ」

太兵衛が茂助に目配せをした。茂助がたもとから、千代屋の畳紙《たとうがみ》にくるまれた包みを取り出した。

「弐吉親分、これをご存知で？」

包みを開くと、黒い団子《だんご》のようなものが出てきた。太兵衛がそれを弐吉に手渡した。

団子がいやな匂いを放っている。受け取った弐吉が顔をしかめた。

二十六

渡世人相手に掛け合いを続ける太兵衛の姿に、銀次の息遣いが荒くなっている。

「気を鎮めろ、壁は薄いぞ」

はっとした銀次は、壁から目を離すと深い息を三度続けた。

「すみませんでした」

正之介に詫びながら覗き穴に目を戻した。太兵衛が弐吉に話しかけるところだった。

「それは阿片《あへん》と呼ばれる秘薬です」

「あへん、だとう？」

弐吉の声が裏返った。

「ご存知ですか」

「蘭学《らんがく》かぶれの医者に聞いたことはあるが、見るのは初めてだ」

「別誂《あつら》えのキセルに詰めて吸うんです。一服やるだけで、極楽気分が味わえる代物《しろもの》です」

「いいねえ。ここで試そうじゃないか」

浮かれる弐吉の手から、太兵衛が阿片を取り返した。

「長崎から、ひとを通じて密《ひそ》かに仕入れる大事なものです。弐吉さんといえども、ここで試すのは御免こうむります」

太兵衛の両目が凄みを帯びている。茂助も油断のない目つきで五人を見渡した。

「折り鶴のまことの持ち主は、長崎の出島《でじま》から阿片を引いてるお武家です」

「なんだと……」

「女将が目利きをした、特上客だけに途方もない値で売りさばいています。これは、わけありの親分さんでもご存知ないことだ」

弐吉が粘りのある目で太兵衛を睨みつけた。太兵衛は顔色も変えない。

「あなたが知らなくてあたりまえです。知っていたら、女将も親分も首が飛んでいます」

思いも寄らない成り行きに、猪之介が面白がるような目になった。正之介は壁に耳をつけたままである。

「その阿片という秘薬が、大きな稼ぎを生み出すのかい」

「折り鶴だけで、月に千両の儲けです。千代屋は、世間体を取り繕う小商いですよ」

穴を覗く銀次が両手を握り締めた。

「この秋に大きな阿片の荷が入ります」

「それをあたしに？」

「そうです。折り鶴だけではさばき切れないが、だれにでも売れる品物でもない。この茂助と、思案を重ねていたところでした」

太兵衛が初めて新三郎と正面から目を合わせた。

「新三郎さんがあらわれたのは、いい折りでした。茂助のおもての顔は手代です。番頭など足元にも及ばない才覚を持っていますが、さすがの茂助も歳には勝てない。だれか若い跡継ぎが欲しいところでしてね」

太兵衛の話を、座敷の男たちも壁の内にいる四人も、気を張り詰めて聞いていた。

「九郎吉さんは与ノ助と組んで、銀次を嵌めようとなさったね」

「ですがあれは……」

「文句を言ってるわけじゃない。あのとき、与ノ助を後釜に据えようと考えたんだ」

太兵衛に薄く笑いかけられて、九郎吉が安堵の息を吐き出した。

「そこで神田の剣術使いに、与ノ助の見立てを聞きに行った」

「おもしろい思案じゃないか。見立てはどうだったね」

弐吉が前かがみに乗り出してきた。

「与ノ助に腕力のある後ろ盾《だて》をつけたら、相当に危ないことになる、と……」

「いいねえ、図星だよ」

　弐吉と太兵衛とが笑い合った。

「わたしは茂助にそう言ったんだが、この男は与ノ助を嫌っている。あれは駄目だの一点張りです」

「あんた、与ノ助をどう見るよ」

　わきから茂助が新三郎に問いかけた。

「いま、この場ででも絞めてえ野郎だ」

　新三郎が吐き捨てた。茂助が口元だけの笑いを太兵衛に投げ返した。

「弐吉さんとなら阿片で手が組めそうだ」

　弐吉が脇息に戻り、上体を反り返らせた。

「このたびの毒針の仕掛けのような、細やかな知恵が備わっているあなたなら、さばくのもわけはないでしょう」

「それはそうだが……」

「仕入れの元手はわたしが持ちます」

「それで?」

「儲けの三割をあなたが取る。これでいかがですかな」

弐吉はすぐに返事をしなかった。

銀次はあまりのことに、覗き穴から離れて座り込んだ。銀次の肩に正之介が手をのせた。

「おもしろい話を聞かせてもらった」

弐吉は精一杯のもったいをつけている。しかし声が上擦《うわず》っていた。

「阿片がどれほどの稼ぎになるかは、すぐにでも女将をつかまえて確かめよう」

「どうぞお好きなように」

「阿片を引っぱるさむれえと、あんたとの間は大丈夫かね」

「なにを言いたいんですかな」

「揉めごとを起こして、首が飛ぶことにはならねえかと言ってるんだよ。そこが得心できれば、この話に乗ってもいい」

「もっともな言い分ですな」

太兵衛が膝を弐吉の方に寄せた。

「そのお方の名は勘弁してください。さる殿様の近くに仕える、身分の高いおひとだと申しておきましょう」

「あやふやなことばかり言うじゃないか」

「悪事はすべて帳面に残してある。そのことはあちらも知ってます。ことが起きたら、おおそれながらと訴えます」

「それじゃあ、あんたも首が飛ぶよ」

「もとより肚は決まっています。そんなことより、わたしは大事なカネづるだ。あちらを儲けさせている限り心配はありません」

弐吉が小さな唸り声を漏らした。すぐにも食いつきたいのを、懸命にこらえているような唸りである。

「このところさき様も、大層おカネにご執心でしてね。早くさばけと矢の催促です」

「武家はどこも金詰まりだからねえ」

「その通りです。カネが欲しくて大きな荷を引いたぐらいですから、わたしとお武家とのことは心配ご無用に願いましょう」

「おいしい話だ、乗りますよ」

弐吉が舌嘗《したな》めずりをせんばかりに答えた。

「引き受けてくださると思ってました」

太兵衛が膝元の巾着《きんちゃく》を手にした。

「新三郎さん、手形をお出しなさい。今後の手付けということで、印形を押しましょう」

新三郎が手形を太兵衛に渡そうとした。横から弐吉が手を出して取り上げた。

「いまさらそれはない。あんたとはもう仲間だよ、反故《ほご》にするのが筋だろうさ」

新三郎の顔が真っ赤になった。

「あとで小遣いをたっぷりやるよ」

すっかり手下の扱いになっていた。

「さすがに親分です。ものの道理をわきまえておられる」

ふたりのやり取りを壁のなかで聞いている猪之介が、鼻先で笑った。

「弐吉さん、まずはここまでとしませんか。細かな話は、喉を湿しながらゆっくりとどうですかな」

太兵衛の言葉に弐吉がにんまりとした。

そのとき……。

気を失っていた介山が呻《うめ》き声を漏らした。慌てた仙六が介山の口を塞ごうとした。ひと足間に合わず、動いた介山が壁に当たり、ごつんと大きな音を立てた。

座敷の七人が隠し部屋の壁に目を向けた。

「もはやこれまでだ。銀次、壁を開けろ」

正之介は短く指図するなり、介山の首にしたたかに手刀を打ち込んだ。

銀次が壁の心張りを外し、壁を一気に押し開けた。

「てえそうな貫禄《かんろく》じゃねえか。たっぷり聞かせてもらったぜ」

ぎょっとして振り返った弐吉のうしろに、猪之介が仁王立ちで突っ立っている。

野分が、離れの外で吹き荒れていた。

二十七

陰では強いことを言ってきた弐吉だが、猪之介と向き合ったいまは、情けないほどにうろたえた。

「てめえの介山は、そこの隠し部屋に寝かせといてやったぜ」

弐吉があごをしゃくった。与一が匕首に手をかけて身構えた。

「やり合うならいつでもいいぜ」

このひとことと、細くした目の睨みで与一を封じ込んだ。座敷に出てからの正之介は、猪之介に場をあずけたかのように黙っている。

銀次は太兵衛だけを見ていた。目は怒りに沸き立っていた。

もしも正之介の刀が使えるのなら、鞘《さや》をはらって七人を皆殺しにしてやる……それほど殺気に充ちた目で、太兵衛を睨みつけていた。

「商人はタヌキだというが、あんたはとびきりの大狸だな」

猪之介が、話し相手を太兵衛に移した。

「先生をまんまと騙したあんただ、銀次なんざ赤子《あかご》も同然だろうぜ」

猪之介の言うことを、新三郎は顔を歪めて聞いていた。

この座敷で新三郎は、初めから軽く扱われている。太兵衛は弐吉とだけで話を進めた。

弐吉は手形を取り上げて見栄を張った。

猪之介は新三郎を見ようともしない。虚仮《こけ》にされ続けて、新三郎は苛立っていた。

怒りで切れた新三郎が、敏捷《びんしょう》な動きで銀次に匕首を突き出した。

太兵衛を睨みつけていた銀次は、いきなりの突きに虚をつかれた。しかし身体が勝手に刃《やいば》を躱《かわ》した。

自慢の突きを外されて、新三郎はさらに血が昇ったようだ。

「次は外さねえ」

相手を睨みつけて匕首を握り直した。

銀次は素手で新三郎と向かい合っている。新三郎の匕首が、胸元を狙って揺れた。ところが丸腰の銀次に突っ込めない。新三郎のひたいに脂汗《あぶらあせ》が浮いた。

「やめとけ。いまの銀次はおれでも無理だ」

猪之介の言葉を聞いて、新三郎がやけになったようだ。握りを固くして、銀次に闇雲《やみくも》な突きを入れた。

銀次は動きを見切っていた。身体の前で何度でも刃を躱す。焦りで空《くう》を突いた新三郎がたたらを踏むと、目の前に猪之介がいた。

よろけた新三郎から匕首を取り上げた猪之介は、加減したこぶしを顔に見舞った。腰から砕けた新三郎から、鼻血が噴き出した。

「あがいてねえで、おとなしく座ってろ」

取り上げた匕首を新三郎に放り投げた。

銀次の動きを感心して見ていた太兵衛は、目を正之介に移した。

「先生もひとがわるい。話をすっかりお聞きになりましたので」

正之介が、無駄のない動きで太兵衛に近寄った。

「立ちなさい」

太兵衛の肩に手を置いて立たせると、開かれた壁の前まで歩かせた。

みなの目が正之介と太兵衛に注がれた。

「そなたと悪事を働いているのは、わしが引き合わせた者か」

太兵衛と向かい合うと、正之介のほうが首ひとつ小柄である。もの静かな正之介の問いに、太兵衛は戸惑い顔を見せた。

「いまの世で力があるのは、剣術ではありません。カネです」

正之介の問いをはぐらかした。正之介の顔色は微塵《みじん》も動かない。

「お武家様だと威張《いば》っていても、カネに詰まれば札差にあたまを下げます。ひと皮剝けば、カネにもおんなにもだらしないひともいます」

正之介はここまで言われても動かなかった。わきで聞いている銀次のほうが、さらなる怒りを募らせた。

「とは言うものの、お武家も使い方次第では役立つこともあります」

「口が過ぎるぞ」

堀正之介がぴしりと太兵衛の口を止めた。

「先生でも腹をお立てになるんですか」

太兵衛は口を閉じなかった。

「あなたがたには何もできませんよ」

「それは違うぞ」

「違いませんとも。阿片のことを訴え出ても、わたしの首が飛ぶだけです。しかしあちら様はどうなりますか」

「…………」

「幾つの腹を詰めることになるか、お分かりでしょう。ひとつ間違えれば、藩の御取潰しにもなりかねませんよ」

猪之介が仁王立ちしたまま、ぶわっと大きく膨らんだ。これを見た太兵衛と茂助は、なにが起きたのかと目を丸くした。

「猪之介殿、手出しは無用だ」

正之介の凜《りん》とした声が座敷に響きわたった。

「太兵衛の申すこと、業腹《ごうはら》ながら一理ある。ことを公《おおやけ》にすれば、責めは藩主にまで及ぶ」

太兵衛が口元を歪めて薄笑いを浮かべた。

「それだけは避けたいという、わしの思いを知っているがゆえの振舞だ。手を出したところで、猪之介殿が汚れるだけだ」

正之介は太兵衛を見詰めた。怒りではなく、剣客の気合に充ちた目だ。

「そなたとの長い交誼《こうぎ》、忘れぬぞ」

言うなり太刀を一閃《せん》させた。

太兵衛の身体から鮮血が噴き出した。腹から臓物が飛び出している。斬り斃《たお》された太兵衛は手足を引き攣らせていたが、やがてすべての動きが止まった。

「うう……」

座敷のだれもが凍りついた。

弐吉は腰を抜かして座り込んだ。

「猪之介殿、そなたの羽織を拝借できぬか」

さすがの猪之介も顔が蒼い。

受け取った正之介は、太兵衛に羽織をかけて中腰で合掌した。

立ち上がると、弐吉、与一、茂助、新三郎、九郎吉、鉄太郎を一列並びに座らせた。

「おまえたちには選べる道がふたつある。どちらでも好きにすればよいが、このほかにはいかなる道もない」

太兵衛を斃した凄まじい剣を目の当たりに見た弐吉たちは、震えながら言葉を待った。

「ひとつは、わしとこの場で斬り結ぶことだ。どうだ弐吉、試してみるか」

弐吉は顔も上げられずに震えている。弐吉に限らず、むごさを売る新三郎ですら同じだった。

「ふたつ目は、直ちに江戸を離れ、ここで起きたことのすべてに口をつぐむ道だ。口を閉じるかわりに、寿命の限りは生きられる」

弐吉たちが大きな吐息をついた。

「いまはまだ五ツ（午後八時）前だ。支度を調えて江戸を離れるときは充分にある。どちらの道を選ぶか、肚を据えて返答せい」

正之介の痩軀《そうく》からは、思いもつかない大音声《だいおんじょう》が発せられた。

「江戸から離れます」

だれひとり、ためらうものはいなかった。

「しかと聞いた。おまえたちが即刻江戸を離れる限りには、手出しはいたさぬ」

鞘に納めた太刀を左手に持ち、震える男たちの前を順に歩いた。一番端の九郎吉の前で立ち止まった。

「おまえたちが一歩でも江戸に足を踏み入れるか、ひとことでも漏らすかをすれば、ひとり残らず探し出して成敗《せいばい》する。命が惜しくば、互いに縛りあって約定を守れ」

「かならず守ります」

返事が揃ったところで、正之介は男たちを解き放した。

弐吉たちはふすまを開け放ったまま逃げ出した。野分の突風が部屋を通り抜け、太兵衛にかけられた羽織を剝《は》がし取った。

二十八

折り鶴の女将が離れに飛んできた。血に染まった畳を見ると崩れ座った。

「女将……これ、女将」

正之介に二度呼びかけられて、折り鶴の女将が正気づいた。

「戸板を一枚用意してくれ」

「かしこまりました」

女将は足をもつれさせながら場を離れた。

「わしのそばに寄りなさい」

立ったままだった三人が、正之介を囲むようにして座敷に座った。

「見ての通りの始末となったが、責めはすべてわしが負う」

正之介が猪之介と向き合い、背筋を張った。

「新三郎なるものをわしの一存で放逐《ほうちく》したこと、ぜひにも赦《ゆる》されよ」

座ったままだが、猪之介にあたまを下げて詫びた。

「先生に収めてもれえたことで、余計な殺生《せっしょう》をしねえで済みやした。おれがこの場の始末をつけるとしたら、新三郎と弐吉をこの手で絞めたでしょうよ」

正之介が答えようとした口が、戸板を抱えて駆けてきた若い衆の足音で抑えられた。

「あとまだ幾つか、そなたたちと詰めておきたいことがある。太兵衛の亡骸《なきがら》を納めてまいるゆえ、しばしお待ちくだされ」

わきに立つ女将に部屋を申しつけた。

「かしこまりました、みなさんはこちらへ」

猪之介、銀次、仙六の三人を離れから連れ出そうとした。

「銀次と仙六に助けさせやしょう」

「これはわしの為《す》すべきことだ。戻るまで、暫時《ざんじ》またれよ」

責めはすべてわしが負う……正之介の口ぶりが、手助けを拒んでいた。三人は女将が調えた別間に向かった。

二階の部屋は大川を目の前にした、二十畳はある広い座敷だ。床の間を背に座れば、川と両国橋の眺めが楽しめる。

女将が下がると、仙六は四方の壁を叩いて隠し部屋がないことを確かめた。

「ありゃあしねえ、落ち着いて座れ」

猪之介が苦い顔で仙六を止めた。

「この部屋で女将は……この阿片とやらを売りさばいてやがんですかねえ」

仙六がたもとから黒い固まりを取り出した。

「いつの間にかすめてきやがったんだ」

猪之介の目が呆れていた。

「そんなものは、うっちゃっとくんだ」

きつい声で叱られて、仙六がしょげた。

銀次はひとことも口を開かない。目も定まってはいない。過ぎたことを思い返しているようだった。

階段をのぼる足音が聞こえた。仙六が阿片の固まりを腰のうしろに隠した。

女将に案内された正之介があらわれた。

床の間を背負う座が空《あ》けられている。正之介は気負うことなく座についた。

「ひとまずのところは片付いた」

だれも口を開かない。一枚だけ開かれた障子窓から、波頭の立つ大川が見えている。

「いささか込み入った話をせねばならん。仙六、障子を閉めなさい」

すかさず立ち上がった仙六は、かたんと音がするまで閉め切った。

「銀次……太兵衛殿は、おまえの気質を高く買っていた。それは猪之介殿も同様と見た」

いきなり太兵衛の名を出した正之介を、銀次はいぶかしげに見た。斬り捨てた太兵衛に、殿をつけていることにも違和感を覚えた。

「おまえはいま、太兵衛殿を深く恨んでおるだろう」

「はい。先生ではなく、わたしがこの手で始末をつけとうございました」

「なぜだ」

「わけを言い出せばきりがありませんが、柳花様が死なれたことを仕掛けだと……」

銀次が言葉を詰まらせた。

「太兵衛殿は、それにはかかわっておらなかったではないか」

「ですが先生、黒崎屋様のことも与ノ助さんのことも、旦那様は裏があったのをご存知だったではないですか。それなのに……」

「おまえに暇を出したと言いたいのか」

「…………」

銀次が口ごもったところに、仲居ではなく女将が茶を運んできた。さきほどのうろたえぶりが消えた女将は、猪之介に最初の湯呑みを置いた。茶ではなく桜湯だった。

猪之介は膝元の湯呑みを見詰めた。なにか思案を巡らせていたが、やがてわずかに目元をゆるめて正之介を見た。

猪之介が小さくうなずいた。それを受けた正之介は、銀次との話に戻った。

「いまから三日前の夜、すなわち千代屋で騒ぎの持ち上がった夜遅くに、息を切らせた茂助がたずねてきた」

「茂助さんが先生のところに?」

「千代屋とおまえとが的《まと》にされて、客がひとり殺されたと伝えに来たのだ」

「思い出しました。たしかにあの夜、茂助さんが慌てて出て行かれましたが、なぜ先生のところに行かれたのですか」

「ぜひにも力を貸してほしいとの、太兵衛殿の言伝《ことづて》を持ってきたのだ」

なぜ旦那様に殿をつけて話すのか。

なぜ先生に助けを求めたことを、旦那様を斬り斃したいまになって聞かせるのか……。

銀次にはわけが分からなかった。

「おまえに会わせたい者がここに来ておるが、会ってはみぬか」

銀次が思い浮かべた名はおやすだった。

しかしおやすが勝手に出てこられるわけがない。しかも銀次がここにいることを、知っているはずもなかった。

「呼び入れても構わぬな」

見当もつかないまま、銀次はあいまいにうなずいた。正之介が手を打つと、またもや女将が顔を出した。

「客人を呼び入れなさい」

部屋を出た女将と入れ替わりに、廊下を歩いてくる足音が聞こえた。その擦《す》り足に、銀次は聞き覚えがあった。

まさか、そんなわけが……。

思い迷っているうちに、部屋のふすまが開かれた。

仙六がのけぞった。

猪之介がにやりとした。

部屋には太兵衛が入ってきた。

二十九

太兵衛を見た銀次が腰を浮かせた。

「旦那様……」

あとの言葉が出ない銀次を、ねぎらうような目で太兵衛が見た。正之介が手招きをしている。太兵衛は軽い会釈をしてから、正之介のわきの畳に座った。

女将が手早く座布団を用意したが、太兵衛は座布団を当てなかった。

顔はまぎれもなく太兵衛である。しかし縞《しま》木綿のお仕着せに粗末な帯を締めた身なりは、別人のようだった。

「猪之介親分、千代屋太兵衛と申します。うちの銀次が大層なご面倒をおかけいたしましたようで、まことに申しわけなく存じます」

「どうぞ座布団を当てなすって」

斬られた太兵衛があらわれても、猪之介は驚いた様子も見せなかった。

「途方もねえ種明かしを聞かされそうですな」

猪之介は太兵衛と正之介を等分に見た。

「それで話は先生……それとも太兵衛さんがなさるんで」

「わたしがお話をさせていただきましょう」

太兵衛が話し役を買って出た。

「柳花様が今わの際《きわ》に、話をなされたのがことの始まりです……」

あの夜、容態がいきなりわるくなった柳花に、太兵衛は頓服《とんぷく》を服用させた。薬には思いのほか効《き》き目があった。柳花は何度も息を整えながら、ことの裏を太兵衛に話した。

まち針は新三郎が与ノ助から巻き上げたもので、針先には烏頭《うず》の毒が塗られていた。それを柳花は自分で刺した。

新三郎は、数日寝込むだけで起きられると言った。

「嘘かも知れないと思ったのですが、色々な思いが入り乱れて……新三郎さんの言葉にすがってしまいました」

夜も更けてからだと思うが、新三郎が弟だと名乗って千代屋に押しかけてくる。ことを表沙汰にしないかわりに、少なくとも五百両を脅し取るためにだ。

やめられなかった自分がばかだった。このうえは、ほかのひとが騙されたり脅かされたりするのを放ってはおけない。黙ったまま死ねば、新三郎や仲間を喜ばせるだけだ。

なんとか仇《あだ》を討って欲しい……。

「これが柳花様の話のあらましでした」

「新三郎のくそったれめが」

仙六がひとりごとのようにつぶやいた。

「柳花様は、これだけは伝えたかったのでしょう。話し終えると、穏やかな顔に戻って息をひきとられました」

太兵衛の膝元にも桜湯が出されている。粗末なものを着ていても、所作は大店のあるじのものである。ひと口つけてから話に戻った。

「柳花様に白布をかぶせ、茂助を呼びました。番頭の喜作は実直過ぎて、わたしの思いつきを話すには無理があります。わたしは茂助を堀先生のもとへ走らせました」

なにも知らない顔で新三郎に会う。そして相手が口にするカネを、あらそわずに払うと伝える。期日は二十五日だ。

「ことは段取り通りに運び始めました」

新三郎が千代屋から出るのを待って、宗庵が柳花の亡骸を本船町に移した。

葬儀、埋葬の手配りは太兵衛にかわって宗庵と又四郎とで行なった。太兵衛は宗庵にもすべてを話し、様々に知恵を借りた。

「おまえにはわるかったが、どうしても暇を出す形しかとれなかった。いま思い返しても、あれはひどい言い方になった……」

なにか答えたいのだが、銀次には言葉が見つからなかった。

「三日目にあの男は、刻限通りに顔を出しました。わたしは手筈通り、暮れ六ツに一味を集めるようにと迫りました」

掛け合いの料亭が決まったら、茂助が女将にわけを話して、堀正之介と銀次が身を潜める場所を頼み込む段取りだった。

新三郎は折り鶴だと言った。折り鶴なら柴田数右衛門と幾度も使ったことがあり、女将とも気心が通じている。

わけを話したら、女将も弐吉にまとわりつかれて難儀をしているという。千代屋にも折り鶴にも渡りに船だった。

正之介には刻《とき》と場所を、銀次がたずねる前に茂助が知らせた。

「千代屋を出た銀次が、堀先生をたずねることは疑いませんでした」

「世話になった先生への暇乞いもしねえで、おれの宿に押しかけはしねえだろうってか」

猪之介に言い切られて、太兵衛があとの言葉に詰まった。

「新三郎を操っていると思い込んだ銀次が、おれとのけりをつけに顔を出すと読んだはずだが」

「申しわけないが、その通りです」

「商人がタヌキだと言ったのは正味だぜ」

きついことを言いながら、猪之介は太兵衛に笑いかけている。太兵衛は真顔で受けた。

「言いわけがましいが、銀次が猪之介親分を連れてくるのは筋書きになかったことです」

堀道場から木場に向かう、と太兵衛は考えた。猪之介の宿でまことを知った銀次を、正之介が料亭に連れて行き、隠し部屋に潜む。

「われわれが密会する料亭の目星は、堀先生が見当をつけるという芝居を考えていましたが、おかげで余計なことをしていただかずに済みました」

料亭では太兵衛と正之介とが大芝居を打つ。これが猪之介抜きで考えた筋書きだった。

「太兵衛殿は、いつまでも新三郎がおまえにつきまとうことを、なによりも案じたのだ。放置すればおまえの気性だ、千代屋を思って、やがては刃傷《にんじょう》沙汰を引き起こす」

「はい……」

「さりとて斬り斃すこともできぬ。そこで太兵衛殿は、どうすれば連中を江戸から放逐し、二度と江戸に戻れぬようにできるかを思案した」

阿片という知恵は、宗庵から出た。

太兵衛は新三郎一味を集めて、阿片売りさばきを持ちかける。ただし阿片がどんなものかは、宗庵も定かには分かっていない。

「見たことのある者が、江戸にいるとも思えぬからの」

薬草を混ぜ合わせた黒い団子を、又四郎が作り上げた。

宗庵の用意した獣の臓物と、薄い革袋に入れた獣の血とを太兵衛は腹に巻きつけた。

頃合いを見計らい、正之介と銀次が座敷にあらわれる。一味の前で太兵衛を斬り斃すが、銀次にはことが終わるまでまことを伏せておく。

銀次に芝居ごとは無理だと、正之介と太兵衛は考えを同じくしたからである。

これが堀正之介、太兵衛、宗庵の三者が急ぎ練った筋書きであった。

「はからずも猪之介殿が加わられたことで、ことはより見事に為し遂げられた。そなたをたばかったことは、みなが銀次を想うこころに免じて赦してくだされ」

堀正之介と太兵衛とがあたまを下げた。

「おれは気なんざわるくしちゃあいねえ、一緒になって楽しませてもらいやしたぜ」

銀次が三人の前ににじり寄り、畳にひたいを擦りつけた。

「ありがとうございます」

あとは言葉に詰まった。

言葉のかわりに泣き声が漏れた。

銀次と深いかかわりを持つ三人の男が、黙って銀次を見詰めていた。

終章

九月一日に、太兵衛は与ノ助に暇を出した。

それを喜作と相談する場で、このたびのあらましを打ち明けた。喜作は自分までも騙《だま》されたことを怒るよりも、千代屋と銀次が事なきを得たことを喜んだ。

九月九日は重陽《ちょうよう》の節句である。この日は武家、町人を問わず菊酒を飲むのが慣わしだ。

すべてが片付いたところで、太兵衛は堀道場で菊酒の宴を催した。

太兵衛は喜作に茂助、繁蔵と、銀次とおやすを連れて行った。繁蔵は細川屋敷に出入りする手代だ。ほかの者は、いずれもこのたびの騒動にかかわりを持っていた。

正之介に言われて、太兵衛は猪之介にも招きの使いを出した。しかし猪之介は、断りの返事を小僧に言付《ことづ》けてきた。

『渡世人が堅気衆と菊酒を飲んでも落ち着かない。それに銀次には、まだ貸し金が八両残っている。それを銀次が自分で稼いだカネで返さない限り、大川を渡ることは許さない。いわばまだ敵《かたき》同士である。これが片付いた折りには、招きに応じたい』

以上の要旨が達筆な筆で記されていた。

酒宴が始まる前に、太兵衛がそれを一同に伝えた。

「いまどきの御家人よりも、よほどに筋が通っておるの」

正之介が座にいない猪之介を誉めた。

酒が進み、座が盛り上がったところで正之介が盃を置いた。

「みなに話しておくことがある」

正之介の声は、宴の賑わいにくらべて小さかった。

「これ、喜作……盃を置いて、わしの話を聞きなさい」

酒の回った喜作を軽い調子でたしなめた。

「柴田数右衛門に調べさせて、分かったことが幾つかある」

細川家側用人の大切さは、千代屋の奉公人なら知り尽くしている。座が一気に静まった。

「まず上野の弐吉だが、弐吉、与一、新三郎の三人は水戸《みと》街道を常州《じょうしゅう》へ向かったようだ。これは柴田が金町《かなまち》関所から聞き取った」

おやすと繁蔵のふたりには、この場で初めて先の騒動がつまびらかにされるのだ。正之介の話で分からないことを、おやすは銀次にたずねていた。

「根岸屋九郎吉はあの夜、清住に戻ると着の身着のままで、あるだけの金子《きんす》を手にして飛び出したそうだ。行方については、だれも分かっておらん」

「それも柴田様のお調べでしょうか」

柴田のもとに出入りする繁蔵が問うた。

「清住の藤吉《とうきち》という目明かしが調べた。数右衛門のやつ、あれでなかなかに顔が広いの」

太兵衛が正之介に徳利を差し出した。一献干してから話を続けた。

「残るは鉄太郎という女衒《ぜげん》だが、この男だけは足取りが分からんそうだ」

「そのことなら、猪之介親分の手紙に書かれていました」

太兵衛が手紙を取り出した。

「鉄太郎という男は、木場の裏店《うらだな》に暮らしていたようです」

あの夜、すぐに仙六が鉄太郎の宿に走った。猪之介のもとに連れてきたあと、三日の間、猪之介からしつけをされた。

そのあとで、遠州浜松《えんしゅうはままつ》の猪之介兄弟分の組に送られた。その組が腕の立つ女衒を欲しがっていたからだ。

「若い衆をつけて浜松に送ったゆえ、鉄太郎は心配なしと書いてこられました」

「あの御仁が請負ったことなれば、案ずることもなかろう」

猪之介に会ったことのない喜作、繁蔵、おやすまでもが、大きくうなずいた。

「ところで太兵衛殿、古いことをひとつ思い出してもらいたい」

正之介に問われて太兵衛が盃を置いた。

「五年ほど前の夜だが、そなたは京橋の堀端で、酔った相手といさかいを持ったことはござらぬか」

「五年前ですか……」

いきなり古いことを問われて、太兵衛が考え込んだ。銀次が心配げにあるじを見ている。ほかの面々には、正之介がなにを問い質しているのかも分からなかった。

「あっ、あります、あります」

太兵衛が膝を打った。その顔にはなんの陰りもなかった。

「うちの向かいの河内屋治郎右衛門《じろうえもん》さんでしょう。いつもは腰の低いひとだが、酒が入ると恐ろしいほどに様子が変わります」

河内屋の振舞は喜作にも覚えがあるらしく、太兵衛に向かって何度もうなずいた。

「あのときは、寄合の席から絡《から》まれて往生《おうじょう》していました」

ここまで言って、太兵衛が怪訝《けげん》そうな目で正之介を見詰めた。

「どうして先生は、そんなことをご存知でしょうか」

「他意はない。座興に問うたまでだ」

あるじに気づかれぬように、銀次が安堵《あんど》の笑みを浮かべていた。

酒宴がお開きとなったあと、太兵衛は銀次とおやすに外出《そとで》を許した。

「木戸が閉じるまでに戻ってくればいい」

ふたりは佐久間町から永代橋のたもとまで歩いた。暮れなずむ大川を、漁を終えて湊《みなと》に戻る帆掛け船や、川遊びの屋根船などが行き交っている。

永代橋は、家路を急ぐ職人や富岡八幡宮参詣帰りの人波で溢《あふ》れていた。

「おれはいままで、ひととでたらめにかかわりながら生きてきた。今度のことで、自分の身勝手さが骨身に染みたよ」

つるべ落としに暮れて行く大川を見つめている。おやすがそっと手を重ねた。

「旦那様と堀先生は、おれのために命を賭けて大芝居を打ってくださった」

重ねた手に、おやすが少しだけ力をこめた。

「先生の剣がわずかでも狂ったら、旦那様は命を落とされたよ。ところがおれは、そんな旦那様を恨みに思ったり、こころのなかで罵《ののし》ったりしたんだ」

六ツ（午後六時）の鐘が流れてきた。橋を行くひとの流れがせわしなくなった。

「陰で力を貸してくれていた猪之介親分のことも、おれはひどい男だと決めつけていた。猪之介親分が新三郎を操って、柳花様を殺したと思い込んでいた……」

銀次がおやすに目を合わせた。重ねた手を、おやすは力いっぱい押しつけた。

「都合のよいときはいいひとだと思っていたくせに、ひとたびわるくなると、自分を振り返らずに相手がわるいと考えを変えてきた。この身勝手さを、いやと言うほど思い知らされた」

おやすには口を挟む言葉がなかった。

「おれは猪之介親分に立ち向かうことを隠して、おやすさんを抱いた。あのときのおれは、先の望みなんか持ってなかったんだ」

「知らなかったわ……」

「あそこまで追い詰められても、まだおれは身勝手におやすさんを抱いた」

「いいのよ銀次さん、わたしがそうしたかったんだから」

おやすの物言いに気負いはなかった。

「わたしを想っていてくれる銀次さんがほんとうなら、さかのぼって責めるのはよしましょう。いまはこうしていられるんだもの」

おやすがまた手を重ねた。銀次はしっかりおやすを見詰めてから、永代橋に目を移した。

「いまのおれは、まだ大川が渡れない」

「一緒に手伝わせてね」

「えっ……」

「残りが八両なら蓄えがあるから……夫婦《めおと》になるわたしのおカネなら、猪之介親分も受け取ってくれるでしょう」

銀次から返事が出ない。おやすの目が不安そうに揺れ始めた。

「ありがたいけど、それはだめだ」

しばらく黙っていたあとで、銀次がきっぱりと断りを口にした。

「おれはおやすさんと所帯を構えたい」

「わたしもよ、銀次さん……」

「でも、この借金は別だ」

おやすから、すでに暗くなっている大川にまた目が移った。

「橋を駆ければわけなく渡れる大川を、おれは自分で越えられなくしてしまった。そのことで何度も苛々《いらいら》したし、渡れさえしたら柳花様を死なせることもなかったと、いまでも思っている」

「…………」

「八両を蓄えるにはまだ何年もかかる。大川を渡れないことで、手代勤めにも障《さわ》りがでるかも知れない」

振り返った銀次の目の光が違っていた。

「だからといって、おやすさんのカネで始末をつけたりしたら、この先の生き方がまた甘くなる。いまのおれには、橋を渡れないことがなによりの戒《いまし》めだよ」

銀次のほうからおやすに手を重ねた。

「いままでは、おもてに見えていることでしか物事をわきまえられなかった。すぐにはこの性分は治らないだろうけど、ばかな振舞をしそうになったら、渡れない大川を見てあたまを冷やすよ」

言い終わりかけた銀次の言葉に、担ぎ汁粉屋の売り声が重なった。どこか聞き覚えがあったのか、銀次が汁粉売りを見た。

暗がりの小道を、赤い提灯が揺れながら近寄ってきた。

「しるこううううい、しるこ」

銀次と目が合うと、親爺が売り声をやめた。

「おめえさん、日本橋で会った……」

「やっぱり冷水売りのおやっさんで?」

「いまの時季は汁粉屋に商売がえさ。どうしたい、こんなところで……」

言いかけて、おやすを見た。おやすが笑顔で会釈した。親爺は荷を下ろすと、手早く二杯の汁粉を椀に入れた。器《うつわ》は冷や水と同じものを使っている。

「あんたら、めでてえんだろ?」

「めでたいって……?」

銀次にはわけが分からない。

「ふたり並んだ格好がめでてえんだよ。口開けの縁起だ、おごらせてもらうよ」

親爺のうしろで、巣に急ぐ都鳥《みやこどり》が鳴き声を散らしていた。

注・この作品は、平成十三年十二月祥伝社より四六判として刊行されたものです。——編集部

あとがきにかえて

『大川わたり』の原型が仕上がったのは、一九九四年六月下旬のことでした。

ある出版社の長編新人賞に応募。生まれて初めて最後まで書き通した小説が、最終選考の一作に残りました。

小説執筆の作法も知らず、時代考証の知識も貧弱、しかも手許《てもと》にはろくな史料・文献もなし。つまり、無い無い尽くしで書いた長編でした。

結果は落選。何年か過ぎて読み返したとき、落選しても当然だと思い知りました。それほどに、応募作は荒削《けず》りで未熟でした。

が、おもしろい小説を書こうとする「こころざし」に満ちていたと、いまでも胸を張って言えます。

本作の単行本上梓《じょうし》に際しては、編集者・校閲者両氏のお力を借りて、助詞ひとつに至るまで書き直しをしました。時代考証の誤りも、可能な限りに訂正しました。

文庫本刊行に際しても、あたまから尻尾まで、もう一度入念に読み返しをしました。単行本上梓から、すでに三年が経過しています。

その間、もちろんいまでも、毎日原稿を書き続けています。その過程において、表現、構成、そして人物や情景の描写などで、あらたに習得できた「筆力」はあるでしょう。

読み返しているうちに、手を加えたい、直したいという衝動に強く駆られました。三年前には気づかなかった粗《あら》さが、気になって仕方がありませんでした。

しかし今回は明らかな誤植以外は、一切の加筆も訂正もしませんでした。

ひとは幾つになろうとも、歳とともに成長を続ける生き物です。体力も根気も、若いころとは比較できないほどに衰えます。が、知恵には限りがありません。

昔を振り返って、その当時の仕事を片っ端から消しゴムで消してしまうのは、おのれの軌跡を否定するも同然です。

たとえ未熟であっても、その歳にしかできないこともあります。

生まれて初めて書いた長編『大川わたり』には、格別の愛着も思いいれもあります。わたしの時代小説の出発点は、まぎれもなくこの一作です。

ご愛読いただければ、作者としてこれに勝る喜びはありません。

平成十七年三月

山本一力

解説——山本作品における「家族の結束」を促す存在とは

文芸評論家　北上次郎《きたがみじろう》

山本一力の小説では、渡世人がしばしば庶民の味方になる。たとえば、直木《なおき》賞受賞作の『あかね空』に登場する霊巌寺《れいがんじ》の傳蔵《でんぞう》だ。賭場で生身の人間相手に殺生《せっしょう》ぎりぎりの稼業を営《いとな》む男であるから、もとより甘い男ではない。冷徹な男である。出自《しゅつじ》にもいろいろわけはあるのだがそれはともかく、この男が、窮地に陥《おちい》ったおきみたちを助けるラストの展開を見たい。あるいは近作の『だいこん』でも、一膳飯屋を営むつばきの後見人として、今《いま》戸《ど》の芳三郎《よしさぶろう》が登場する。ここでは名のみの登場ではあるが、江戸の北側を束《たば》ねる男が後ろにいるとあっては、他の渡世人は手出しが出来ない。もちろん小悪党の渡世人も登場するが、大物はこうしてしばしば庶民の味方になる。

ではなぜ、山本一力の小説において、渡世人がこういう役を割り振られるのか。それを解くために、『あかね空』の傳蔵の言葉に耳を傾けたい。彼はこう言うのだ。

「堅気《かたぎ》衆がおれたちに勝てるたったひとつの道は、身内が固まることよ。壊れるときは、かならず内側から崩れるもんだ。身内のなかが脆《もろ》けりゃあ、ひとたまりもねえぜ」

家族、その血の絆《きずな》が、山本一力の小説の重要なモチーフになっていることは、ここに書くまでもない。『あかね空』も、近作『梅咲きぬ』（ちなみにこの主人公江戸屋《えどや》の女将秀弥《ひでや》は、『損料屋喜八郎始末控え』に登場する秀弥と同じ四代目で、『あかね空』の秀弥は三代目だ）も、その家族をめぐって展開する。『梅咲きぬ』の場合は跡継ぎがいないというのが悩みで、窮地に陥った秀弥を助けてくれるのは町内の男衆だから、家族で助け合う『あかね空』と同一には語れないが、それでも三代目から続く血は四代目のなかに濃厚に流れている。すなわち、傳蔵の言葉で明らかなように、渡世人はその「家族の結束」を促《うなが》す物語的装置にほかならないのだ。渡世人の登場と役割はその意味において理解される。

本書に登場する猪之介《いのすけ》親分も、同じ道筋にある。本書の主人公は大工職人の銀次《ぎんじ》で、世話になった大工の親方が死に、所帯を持つ約束をした女にも逃げられ、やけになって賭場に通うようになり、二十両の借金を作る。ところが賭場の利息は途方もない高利だから、利息を払うのが精一杯。元金はいつまでたっても減らない。知り合いを賭場に引き入れる役まで強《し》いられ、その結果銀次が賭場に引き込んだ鏝屋《こてや》の一家が夜逃げするはめになり、ついに銀次は猪之介を訪ねていく。物語が始まるのはここからだ。

「いまのままじゃあ、借金けえすめえに身体が潰《つぶ》れやす。命に賭けてもゼニはけえしやすから、しばらくは放っといてもらえやせんか」

ようするに、借金は返すけれど、利息の支払いはストップしてくれと言うのだ。そのときの銀次の心中は次のように描かれる。

「てめえを根っこから変えねえことには、またぞれかをぶち壊すに決まっている。そんな生き方はもうしたくねえと、死ぬ気できたんだ。怖いものはねえ」

代貸《だいがし》の新三郎《しんざぶろう》は、そんな勝手な話があるものかと相手にしないが、猪之介は違うことを言う。

「貸したゼニはビタ一文まけねえが、利息はいらねえ。ちびちびけえすんじゃなしに、二十両そろったところでけえしに来い。おれが生きている間なら、日の限りはなしでいい」

と意外なことを言う。ただし、条件つき。猪之介はこう付け加える。

「二十両をけえし終わるまでは、大川《おおかわ》を渡るんじゃねえ」

「いま限り、大川の向こうに追っ払うということだ。どこでなにをしようが勝手だが、おめえが大川のこっちに来てもいいのは、ゼニをけえしに来るときだ。そうじゃなしに一歩でも渡ったら、その場で始末する」

本書『大川わたり』はここから始まる物語である。

無双流《むそうりゅう》指南として道場をかまえ、大店《おおだな》の奉公人には読み書き算盤《そろばん》まで教えている堀正之介《ほりしょうのすけ》の「無理には勧めぬが、わしの見たところ、おまえには商《あきな》いが向いておるぞ。思い切って呉服屋の手代《てだい》を勧めてみないか」という紹介で、呉服屋の手代になるのが、次の展開だ。「おめえなら月ぎめ三両で抱えるぜ」というほどの大工職人なのに、銀次は呉服屋の手代修行を一から始めるのである。

銀次が呉服屋の手代になると聞いた猪之介が「そうまでしてでも、堅気の暮らしがしたかったのか」と呟く場面に留意したい。「稼ぎのわるい手代なんぞになったら、ゼニをけえすのが遅れるばかりだ。甘い顔を見せ過ぎたかもしれねえ」と毒づく猪之介に、女房のおきちが「凄《す》むわりには、おまいさんの目尻が下がってるじゃないか」と指摘する場面だ。猪之介が銀次に肩入れする事情はほかにもあるのだが、つまりここでも、渡世人は銀次が堅気の仕事をしくじらないための物語的装置になっている。

大川を渡ることを禁じられたからといって、何になるのか現代の我々には理解しにくいが、それについては本書から引く。

大川は江戸の町を大きく東西にわける川で、「西側には諸国大名屋敷や公儀役人の役宅、旗本・御家人の屋敷が集まっている。それらを相手にする商家大店《おおだな》や老舗《しにせ》も大川の西に店を構えていた」。これに対して東側は、「初代家康《いえやす》の時代から埋立てが始まった新しい町」で、「埋立地の町造りに際し、公儀は大川につながる無数の堀割を深川《ふかがわ》に造った。諸国から江戸に運び込まれる材木、米、酒などの産物の水運を考えてのことだ。家屋普請《ふしん》に欠かせない材木置き場も、堀沿いの木場に構えた。それゆえ蔵で働く仲仕《なかせ》衆や、大工・左官などの職人、それらの住人相手の小商いが東側に集まった」

つまり「大川を挟んで、西と東では町の様子が大きく異なっていた。どちらか片側だけで暮らしの用が足りるわけではなく、ひとは橋や渡し舟を使って好きに西と東を行き来している」のである。大川わたりを禁じられると、大変に不便なのだ。案の定、銀次はそのために窮地に陥ることになるが、それは本書をお読みいただきたい。

後半の展開にやや強引なところがあることは指摘しておかなければならないが、それも『あかね空』を始めとする山本一力の他の諸作が傑作すぎるからだという気がする。数カ所しか登場しない冷水売りのおやじの造形に見られるように、細部のうまさはやっぱり山本一力なのである。

一〇〇字書評

切り取り線

大川わたり

購買動機（新聞、雑誌名を記入するか、あるいは○をつけてください）	
□（　　　　　　　　　　　　）	の広告を見て
□（　　　　　　　　　　　　）	の書評を見て
□ 知人のすすめで	□ タイトルに惹かれて
□ カバーが良かったから	□ 内容が面白そうだから
□ 好きな作家だから	□ 好きな分野の本だから

・最近、最も感銘を受けた作品名をお書き下さい

・あなたのお好きな作家名をお書き下さい

・その他、ご要望がありましたらお書き下さい

住所	〒				
氏名		職業		年齢	
Eメール	※携帯には配信できません		新刊情報等のメール配信を 希望する・しない		

この本の感想を、編集部までお寄せいただけたらありがたく存じます。今後の企画の参考にさせていただきます。Eメールでも結構です。

いただいた「一〇〇字書評」は、新聞・雑誌等に紹介させていただくことがあります。その場合はお礼として特製図書カードを差し上げます。

前ページの原稿用紙に書評をお書きの上、切り取り、左記までお送り下さい。宛先の住所は不要です。

なお、ご記入いただいたお名前、ご住所等は、書評紹介の事前了解、謝礼のお届けのためだけに利用し、そのほかの目的のために利用することはありません。

〒一〇一‐八七〇一
祥伝社文庫編集長　清水寿明
電話　〇三（三二六五）二〇八〇

祥伝社ホームページの「ブックレビュー」からも、書き込めます。
www.shodensha.co.jp/
bookreview

祥伝社文庫

大川《おおかわ》わたり　長編時代小説

平成17年4月20日　初版第1刷発行
令和6年9月10日　第20刷発行

著　者　山本一力《やまもといちりき》

発行者　辻浩明

発行所　祥伝社《しょうでんしゃ》
東京都千代田区神田神保町3-3
〒101-8701
電話　03（3265）2081（販売）
電話　03（3265）2080（編集）
電話　03（3265）3622（製作）
www.shodensha.co.jp

印刷所　錦明印刷
製本所　ナショナル製本

Printed in Japan ©2005, Ichiriki Yamamoto ISBN978-4-396-33216-7 C0193

祥伝社文庫の好評既刊

山本一力　**深川駕籠**

駕籠《かご》舁き・新太郎は飛脚《ひきゃく》、鳶《とび》といった三人の男と深川から高輪の往復で足の速さを競うことに―道中には色々な難関が…。

山本一力　深川駕籠　**お神酒《みき》徳利**

涙と笑いを運ぶ、深川の新太郎と尚平。若き駕籠舁きの活躍を描く好評「深川駕籠」シリーズ、待望の第二弾！

岡本さとる　**取次屋栄三《えいざ》**

武家と町人のいざこざを知恵と腕力で丸く収める秋月栄三郎。縄田一男氏激賞の「笑える、泣ける」傑作時代小説。

岡本さとる　**がんこ煙管《ぎせる》**　取次屋栄三②

栄三郎、頑固親爺と対決！「楽しい。面白い。気持ちいい。ありがとうと言いたくなる作品」と細谷正充氏絶賛！

岡本さとる　**若の恋**　取次屋栄三③

名取裕子さんもたちまち栄三の虜に！「胸がすーっとして、あたしゃ益々惚れちまったぉ！」大好評の第三弾！

辻堂　魁　**風の市兵衛**

さすらいの渡り用人、唐木市兵衛。心中事件に隠されていた奸計とは？〝風の剣〟を振るう市兵衛に瞠目！